Malu Cailloux

Indian Summer

AF210132

Malu Cailloux

Indian Summer

Roman

Bibliografische Information der Deutschen
Nationalbibliothek:
Die Deutsche Nationalbibliothek verzeichnet diese
Publikation in der Deutschen Nationalbibliografie;
detaillierte bibliografische Daten sind im Internet über
http://dnb.dnb.de abrufbar.

Geschrieben von Malu Cailloux 2017

© 2023 Malu Cailloux

www.malu-cailloux.ch

Lektorat: Solvejg Muheim
Feder Bilddatei: Vecteezy.com

Herstellung und Verlag: BoD – Books on Demand,
Norderstedt

ISBN: 978-3-7578-8653-0

Die Tage vergehen wie das im Wind
fliegende Herbstlaub und die Tage kehren
wieder mit dem reinen Himmel und der
Pracht der Wälder.

Indianische Weisheit

PROLOG

Nodin saß im Schaukelstuhl auf der Veranda seines sich im Bau befindenden neuen Hauses und rauchte seine langhalsige, selbstgeschnitzte indianische Pfeife. Die Rauchkringel schwebten wie kleine Wolken in der kühler werdenden Nachtluft. Ein dezenter Geruch aus Kräutern und Tabak hüllte ihn ein. Normalerweise beruhigte ihn sein abendliches Ritual, doch heute schien etwas Mystisches in der Luft zu hängen. Er lauschte den vertrauten Stimmen der Natur. Eine Eule schrie aus dem nahen Wald und ein anderes nachtaktives Tier antwortete ihr. Der Mond, eine runde helle Kugel am sternenklaren Himmel, ließ auf der Erde jedes Schattenbild wie ein Gespenst erscheinen, während der Wind rhythmisch das Laub in den Bäumen raschelte. Eine Laterne flackerte auf dem unfertigen Fußboden und hüllte den Mann, der diese Einsamkeit und Ruhe genoss, in ein warmes Licht. Er hatte frisch geduscht, das schwarze Haar glänzte noch feucht. Seine große, kräftige Statur steckte in sauberen Kleidern. Über dem blauen karierten Baumwollhemd trug er eine leichte lederne Weste und seine Füße bedeckten verzierte schwarze Mokassins, die er als Hausschuhe bevorzugte. Sie erinnerten ihn an seine Herkunft, denn in ihm floss das Blut seiner Ahnen, der Blackfoot Indianer. Ursprünglich waren sie ein Präriestamm Nordamerikas und züchteten große Pferdeherden. Vielleicht war das auch der Grund, wieso Nodin auf der Ranch mit den Pferden arbeitete. Man nannte ihn den Pferdeflüsterer, denn er brachte es fertig, den wildesten und gefährlichsten Hengst ohne Gewalt zu zähmen. Er liebte seine Arbeit überaus, doch genauso freute er sich auf den morgigen freien Tag. Er musste unbedingt auf der Terrasse um das Haus herum den Boden verlegen, bevor der Winter einbrach. Tief atmete er den erdigen, waldigen Geruch ein, der sich abends noch verstärkte, und legte seine Pfeife auf den kleinen runden Holztisch, den er wie vieles in seinem Haus selbst gezimmert und mit geschnitzten Ornamenten verziert hatte. Die Unruhe, die ihn schon den ganzen Abend begleitete, war ihm unangenehm, denn er war ein Mann, der seine Energieströme mit sich im Einklang hielt. Mit ruhiger, wohltönender Stimme sprach er, als er sich aus dem Schaukelstuhl erhob: „Komm Nashoba, gehen wir schlafen." Sofort spitzte der graubraune Hund, der ihm zu Füßen gelegen hatte, die Ohren und folgte dem Meister ins Haus. Nicht umsonst besaß er diesen Namen, denn er glich einem Wolf und man wusste nicht genau, wessen Blut mehr in seinen Adern floss, das eines Hundes oder das eines Wolfes. Gehorsam legte er sich im Korridor auf seine Matte, während Nodin die Treppe hinauf in sein Zimmer stieg. Dort drehte er sich bis zum Morgengrauen unruhig auf der dicken Rosshaarmatratze umher. Manchmal fiel er in einen leichten Schlummerzustand. Dann sah er wie durch einen Nebel eine Frau. Sie hatte leuchtend rotes Haar und Haut wie Porzellan. War es eine Göttin, die sich ihm offenbarte? Sein Traumfänger, der am Fenster hing, wiegte sich sanft im Wind und beruhigte sein Gemüt. Als das Morgenrot den Himmel verzauberte, stand er auf und machte sich an die Arbeit.

Kapitel 1

Auch Lilian hatte schlecht geschlafen. Sie vermied es sonst in Hotelzimmern zu übernachten. Doch da ihr Flug von Boston sehr spät angekommen war, blieb ihr nichts anderes übrig, als eine Nacht in Bozeman zu verbringen. Sich zu später Stunde noch einen Wagen zu mieten und in die Nacht hineinzufahren, in einer Gegend, die ihr fremd war, fand sie nicht angebracht.

Sie hatte bisher in Boston gelebt. Aufgewachsen war sie bei ihrer Großmutter in Irland. Nun hatte sie einen neuen Job angenommen, der sie aufs Land geführt hatte. Genau genommen auf eine Ranch im Staate Montana. Die Stadt mit ihren vielen Menschen, den überfüllten Verkehrsmitteln und den zu dicht bewohnten Vierteln hatte sie zu sehr eingeengt. Der Zustand wurde von Jahr zu Jahr schlimmer und so beschloss sie, Boston hinter sich zu lassen. Wieso gerade den viertgrößten Staat der USA, größer als Deutschland? Montana, das spanische Wort montaña für Berge, war von den Rocky Mountains durchzogen und grenzte im Norden an Kanada, im Süden an Wyoming, im Westen an Idaho und im Osten an Nord- und Süddakota. Lilian wusste bis heute nicht genau, was sie dazu veranlasst hatte, in diese Gegend zu kommen. Vielleicht war es der Spitzname „Treasure State", Staat der Schätze. Nicht nur lag es am Reichtum der Bodenschätze wie Erdöl, Kohle, Kupfer, Silber und Gold, die man dort gefunden hatte. Die Bilder der grenzenlosen Weite und Schönheit der Natur hatten Lilian überwältigt. Montana war ein Stück Land für Naturliebhaber.

Natürlich war ihr Job auf der Farm der Gardener auch ein Anziehungspunkt gewesen und eine gewisse Herausforderung. Die Familie Gardener plante ein kleines Ferienresort für Naturverbundene aufzubauen und brauchte eine fachkundige Computerexpertin, die ihnen half, die Internetseiten zu gestalten und Programme auszuarbeiten. Nachdem Lilian ein kleines Frühstück zu sich genommen hatte, ließ sie sich von einem Taxi zur Autovermietung fahren. In dieser Gegend war ein Allrounder vielleicht eine gute Sache, dachte sie bei sich und mietete sich einen dunkelblauen Cherokee Jeep. Mit dem Ziel im Navigationsgerät eingetippt und dem Gepäck im Kofferraum machte sie sich auf den Weg. Nach einer guten Stunde näherte sie sich langsam der Farm. Die weiten Flächen und die bewaldeten Hügel beeindruckten Lilian sehr und ließen ihr Herz vor Freude hüpfen. Zur Countrymusik summend bog sie mit quietschenden Reifen nach links in einen breiten Kiesweg ein. Fast hätte sie vor lauter Faszination und Ablenkung die Einfahrt verpasst. Sie verlangsamte ihr Tempo und fuhr bedächtig die Anhöhe hinauf. Weit vorne am Waldrand sah sie ein Haus und dachte bei sich, dass dies wohl kaum das Anwesen der Ranch war. Vielleicht führte der Weg ja bei diesem Gebäude vorbei. Als sie sich jedoch vor dem Neubau befand, ging die Straße nicht mehr weiter und sie hielt an. Ein großer, kräftiger Mann mit verblichenen, zerrissenen Jeans und einem hellen Shirt, das einige dunkle vom Schweiß bedeckte Stellen aufwies, kam ihr entgegen. Sein rabenschwarzes langes Haar hielt er mit einem Lederband im Nacken zusammen und um die Stirne trug er ein farbenfrohes Band, das den Schweiß der harten Arbeit aufhielt. Seine rotbraune muskulöse Haut glänzte feucht und in der großen Hand hielt er einen Vorschlaghammer, während um seine schmalen Hüften an einem ledernen Gurt noch andere kleinere Werkzeuge steckten. Seine großen schokobraunen Augen waren von dichten dunklen Wimpern umrahmt und musterten die Fremde eindringlich.

Lilian, die aus dem Wagen gestiegen war und von der Sonne geblendet wurde, hielt sich schützend die Hand vor die Stirne. Sie war eine große Frau mit einem wohlgeformten Körper. Ihre weiße Bluse war von der langen Fahrt zerknittert und die gerade geschnittenen Nadelstreifenhosen versteckten ihre langen Beine. Ihre roten Haare, die ihr wild gelockt bis auf die Schultern fielen, leuchteten wie ein goldenes Feuer im Sonnenlicht.

Nodin verschlug es bei ihrem Anblick den Atem und er glaubte, von einer Vision getrübt zu werden, wenn nicht der Staub von dem aufgewirbelten Fahrzeug ihn an der Nase gekitzelt hätte. Seine tiefe, wohlklingende Stimme tönte wie Gesang in Lilians Ohr: „Atsila!"

Auch wenn sie nicht verstand, was er zu ihr sagte, klang es doch so vertraut und ließ sie bis in das innere Mark erschauern. „Wie bitte?"

Ein Lächeln erschien auf seinem erstaunten Gesicht und ließ seine weißen Zähne aufblitzen. „Was sucht eine Feuergöttin in dieser abgeschiedenen Welt?"

Lilians grüne Augen weiteten sich und für einen Moment war sie fassungslos. Eine Göttin hatte sie noch kein Mann genannt und dieses Exemplar, das wenige Meter vor ihr stand, war besonders attraktiv. Sie spürte, wie ein Windstoß um ihren Körper wirbelte und eine Hitze ihr in den Kopf stieg. Die vielen Sommersprossen leuchteten wie goldene Punkte auf ihrer hellen Haut. Im Zauber gefangen spürte sie den Hund, der an ihrer Hand schnüffelte, erst, als seine kalte Schnauze die Innenseite ihrer Hand streifte. Lilian zuckte nicht zusammen, blieb jedoch erstarrt stehen und beobachtete das Tier, das aussah wie ein Wolf, mit wachsamen Augen. „Lakota." Bei diesem Wort spitzte der Hund die Ohren und begann mit der Rute freundlich zu wedeln. Mit einer gezielten Handbewegung kam der Hund zu seinem Meister und legte sich ihm zu Füßen. Langsam erwachte Lilian aus der Erstarrung und nach einem Räuspern fand sie sogar ihre Stimme wieder: „Ich suche die Gardener Ranch."

Nodin lächelte erneut. „Sie müssen von der Hauptstraße etwa fünfhundert Meter weiterfahren und dann rechts abbiegen."

„Vielen Dank!" Mehr brachte sie nicht hervor. Ihre Gefühle waren durcheinander und sie kam sich völlig dämlich vor, sogar mit dem Navi den Weg verfehlt zu haben. Würdevoll stieg sie in den Jeep, zog die Sonnenbrille an und startete den Motor. Ein letztes kurzes Nicken und sie wendete das Fahrzeug. Nodin hob seine Hand zum Abschied und schaute ihr unentwegt nach, bis der Wagen hinter der Biegung verschwunden war. „Diese Frau ist ein Geschenk der Götter", sprach er zu seinem Hund und machte sich wieder an die Arbeit.

Lilian schimpfte vor sich hin, als sie in den Weg zur Ranch abbog. Wie konnte sie sich nur so dämlich benehmen und als Computerexpertin nicht einmal das Navigationsgerät richtig lesen. Sie fuhr ein schäumendes, von Steinen übersätes Flussbett entlang und durchquerte einen Waldabschnitt. Wegen der Straße hatte man eine Schneise geschlagen, und als sie am Ende der Waldlichtung ankam, breitete sich vor ihr eine weite grüne Weidefläche aus. Auf dem massiven steinernen Torbogen stand der Name Gardener Ranch eingemeißelt. Vergessen war ihre Dummheit und ihr Herz begann, vor Entzücken über die hinreißende Sicht vor ihr, schneller zu schlagen. Weit entfernt auf einer Anhöhe prangte das große dreistöckige Landhaus. Das Fundament war aus Stein gemauert. Die oberen Stockwerke aus einheimischem Holz erbaut, ließen das Gebäude mit der Natur verschmelzen. Für einen Augenblick stoppte sie das Fahrzeug, denn der Weg verzweigte sich in verschiedene Richtungen. Nach links zeigte der Holzpfeil zu den überdachten angelegten Stallungen mit Freilaufgehegen. Auf den eingesäumten Weideflächen grasten kleinere Viehherden, während auf den Koppeln einzelne Pferde verspielt herumgaloppierten. Einige davon lieferten sich einen erbitterten Wettlauf und schüttelten dabei wiehernd ihre Mähnen. Der entgegengesetzte Weg führte zu den Holzhütten, die man für die Gäste errichtete. Massenweise Holzstämme und Baumaschinen standen dort herum, aber da Sonntag war, hatte man die Arbeit stillgelegt. Andächtig, fast im Schritttempo, fuhr Lilian geradeaus ihrem Ziel entgegen, berührt und fasziniert von der Umgebung, die für eine Zeitlang ihr Zuhause sein würde. Wenn sie mit den Gardeners telefoniert oder gemailt hatte, war sie mit dem ältesten Sohn der Familie in Verbindung getreten. Mel war ihr gegenüber immer höflich und zuvorkommend gewesen und so hoffte sie sehr, dass die Gardeners sie freundlich aufnehmen würden. Sie parkte vor dem großen Wendeplatz des Farmhauses und stieg aus, dabei streckte sie ihre langen Glieder und atmete den erdigen frischen Duft tief in sich hinein. Ein gutes Gefühl durchströmte sie und eine Vertrautheit, mit der sie nichts anzufangen wusste, schlich sich jubelnd in ihr Herz.

Auf der sonnigen Seite des Hauses war ein weitflächiger Garten angelegt. Eine große Frau mit einer Schürze bekleidet, die ihr langes, buntes Kleid vor Schmutz schützte, erhob sich inmitten einer farbenfrohen Blütenpracht und kam winkend auf sie zu. Dabei entfernte sie die grünen Handschuhe. Ihre schwarzen Haare trug sie zu einem dicken, langen Zopf geflochten, der ihr auf dem Rücken fast bis zur Taille reichte.

Ihre Haut, golden rot gemischt, und die dunklen fast schwarzen Augen verrieten ihre indianische Abstammung. Die Sprache, ein perfektes Englisch, ließ Lilian bei der Begrüßung aufhorchen.

„Aiana Gardener, sehr erfreut. Sie müssen Lilian Brook sein." Sie streckte freundschaftlich die langgliedrige Hand aus und umschloss mit einem warmen, festen Händedruck die gepflegte ausgestreckte Hand ihres Gegenübers. Ein Lächeln erschien auf dem hübschen Gesicht, dessen Wangenknochen sich betont hervorhoben. Die kurze Musterung aus den dunklen Augen genügte, um Lilians Wesen zu ergründen und festzustellen, dass ihre Seele einen guten Kern besaß, auch wenn sich die Fremde ein wenig distanziert gab. Sie würde sich langsam an die junge Frau herantasten und sie erblühen lassen, wie sie es mit all ihren Pflanzen im Garten Jahr für Jahr tat. „Mein Mann ist bei den Stallungen, aber ich habe versprochen, ihm Ihre Ankunft sofort mitzuteilen. Bis zu seinem Eintreffen werde ich Sie einquartieren. Kommen Sie, holen wir Ihr Gepäck."

Aiana Gardener erwies sich als eine äußerst starke Frau, als sie gemeinsam die Koffer und Taschen ins Ranch Haus brachten. Lilian bekam ein geräumiges Zimmer im zweiten Stock mit einer wunderbaren Aussicht über das weite Land. Die Fenster zierten gelbe Baumwollvorhänge. Das Doppelbett und die rustikalen Möbel waren aus dem gleichen Holz verarbeitet. Die farbenfrohen indianischen Webteppiche gaben dem Raum eine besondere Wärme und passten zu dem naturbelassenen Holzboden. Es roch nach den frischen Blumen, die in einer Vase auf dem runden Tisch standen, und nach Zitronenöl. Lilian fühlte sich sofort wie zu Hause.

„Bevor Sie auspacken, trinken wir zusammen einen Tee."

Die Küche war gigantisch und für eine große Familie gedacht. Der Feuerherd war doppelt so groß wie ein normaler Elektroherd und in einer hohen Pfanne köchelte ein Eintopf, nach Kräutern und Gemüse duftend, vor sich hin. Auf dem Tisch stand ein langes selbstgebackenes Brot, das noch leicht dampfte, und auch dort schmückte ein kleiner Blumenstrauß den Raum.

„Sie dürfen sich jederzeit hier in der Küche bedienen, fühlen Sie sich wie zu Hause! In gut zwei Stunden werden wir einen Lunch zu uns nehmen und jeden Sonntagabend kommt die ganze Familie zusammen und wir genießen ein ausführliches Mahl mit anschließender Zusammenkunft im Wohnzimmer. Es gibt immer viel zu erzählen und das gemeinsame Musizieren ist auch eine unserer beliebten Traditionen."

Als Samuel Gardener durch die Hintertüre trat, hatte der Tee bereits gezogen und die Tassen standen auf dem langen Tisch bereit. Er war ein imposanter Mann mit grauen Haaren, die einmal blond gewesen sein mussten. Die Augen strahlten so blau wie ein klarer Bergsee und die vom Wetter gegerbte Haut wies reihenweise Lachfältchen auf. Er war auch noch im Alter ein äußerst attraktiver Mann. Seine buschigen Augenbrauen hoben sich anerkennend, als er seinen Gast begrüßte, und die tiefe, warme Stimme erweckte in Lilian eine Vertrautheit, die weit zurück in ihre Vergangenheit reichte. Erinnerungen an ihren Großvater, den sie viel zu früh verloren hatte, stiegen in ihr auf. Die enge Verbundenheit zu ihm und ihrer Großmutter, mit der sie ihre Kindheit verbracht hatte, holte sie wieder ein. Oh Gott, wie sehr hatte sie die beiden geliebt. Die große schwielige Hand, die ihr entgegengehalten wurde, riss sie aus den Gedanken.

„Hallo Miss Brook. Es freut uns sehr, eine solch hervorragende Computerexpertin bei uns als Gast begrüßen zu dürfen."

Lilian erwiderte sein charmantes Lächeln und errötete leicht über seine intensive Musterung, was ihre Sommersprossen noch mehr hervorhob. Man plauderte übers Geschäft und Samuel Gardener versprach, dass man ihr am nächsten Tag das gesamte Gelände der Ranch zeigen würde. Zum Lunch waren sie nur zu viert. Ronj, der jüngere Sohn, ein waschechter Cowboy, glich seinem Vater wie aus dem Gesicht geschnitten. Dieselben anziehenden Augen und eine dunkelblonde Lockenpracht, die von goldenen Strähnen durchzogen war. Er musste ein paar Jahre jünger als Lilian sein, wusste jedoch mit seinem charmanten Benehmen und dem strahlenden Lächeln, dass seine Wirkung jedes Frauenherz schneller schlagen ließ. Die lockere und lustige Unterhaltung bei Tisch löste Lilians Anspannung und entrang ihr manch helles Lachen.

Am Nachmittag packte sie endlich ihre Koffer aus und füllte den Schrank und die Truhe mit ihren wenigen Kleidern. Sie würde sich später gezielt das Nötigste besorgen, um sich den gegebenen Umständen entsprechend kleiden zu können. Vielleicht würde sie sich sogar einen waschechten Cowboyhut und ein paar tolle Stiefel kaufen. Da ihr noch genug Zeit bis zum Abendessen blieb, spazierte sie um das große Anwesen, durchquerte den Garten und stellte zu ihrem Erstaunen fest, dass es dort nicht nur eine Vielfalt von Blumen gab. Der hintere Teil bestand aus einem riesigen Gemüsegarten. Ein kleines Treibhaus, wo Tomaten, Peperoni und Chili gezogen wurden, erregte ihre volle Aufmerksamkeit. Außerhalb des Zaunes gab es ein paar alte Obstbäume. An den knorrigen Ästen hingen rotbackige Äpfel und reife Birnen bereit zum Pflücken. Der Wind wirbelte durch das farbige Laub und vereinzelte gelbe Blätter schwebten wie Federn langsam zu Boden.

Eigenartig, dachte Lilian, als sie vorher nach draußen gegangen war, schien es absolut windstill gewesen zu sein. Sie drehte sich mit einem Lächeln auf dem Gesicht um und erblickte wenige Meter von sich eine Gestalt, die reglos zwischen Blumen und Gemüsegarten stand. Nicht, dass sie den attraktiven Indianer, den sie heute Morgen zufällig getroffen hatte, nicht wiedererkannt hätte. Lag es am Wind, der ihr wie eine zärtliche Hand um den Körper strich und sie erschauern ließ, oder lag es an seinen dunklen Augen, die sie verzauberten und ihr die Sprache verschlugen? Erst jetzt bemerkte sie, dass der Mann ein bemaltes geschnitztes Jagdmesser in der Hand hielt. Als hätte er ihr plötzliches Misstrauen erkannt, begann er zu sprechen und kam auf sie zu.

„Meine Mutter hat mich in den Garten geschickt, um frischen Salat zu schneiden. Ich bin Nodin Gardener und Sie müssen Lilian Brook aus Boston sein." Eine große Hand mit langen Fingern umschloss die ihre und hielt sie für einen Augenblick fest gedrückt. Wie bei der letzten Begegnung musste Lilian zuerst den Zauber, der sie umgab, abschütteln, bevor sie sprechen konnte. Das Lächeln, das erneut auf ihrem Gesicht erschien, wärmte Nodin bis ins Innerste seiner Seele. „Gefällt Ihnen der Garten?"

Seine wohlklingende, fast melodiöse Stimme ließ Lilian sofort Vertrauen fassen und sie erwiderte: „Ich bin bei meinen Großeltern in Irland aufgewachsen. Dort verbrachte ich zusammen mit meiner Großmutter viele Stunden im Garten. Es war für mich die schönste und unvergesslichste Zeit meines Lebens."

Als Nodin sah, dass sich in ihren grünen Augen plötzlich Traurigkeit zeigte, fragte er nicht weiter und bat sie, ihm beim Auswählen des Salates zu helfen. Lilian, eifrig wie sie war, beugte sich mit dem jungen Mann zusammen über die Reihen von Salatköpfen und meinte zuletzt: „Ich glaube, wir nehmen diesen hier. Der Kopf scheint mir der größte und kompakteste zu sein." Als Nodin im Einverständnis das Messer gebrauchte, hörte sie ihn unverständliche Worte vor sich hinmurmeln. Dann übergab er Lilian ehrfürchtig den Salat. Der Geruch nach Erde, frischem Grün und Feuchtigkeit stieg ihr dabei in die Nase und ihr Magen begann zu grummeln. Nodin lächelte, nahm Lilian einfach bei der Hand und zog sie mit sich zum Haus. „Kommen Sie, umso schneller gibt es was zu essen." Umhüllt von einer leichten Brise, die einen holzigen, herben Geschmack mit sich zog, traten sie durch die Hintertür in die Küche.

Dort wurde Lilian einem schwarzen Ehepaar vorgestellt. Billy, ein korpulenter Mann mit ergrautem krausem Haar, drückte ihr die Hand mit einer solchen enthusiastischen Art, dass sie richtiggehend durchgeschüttelt wurde. Susuma, seine rundliche Ehefrau, die sich von den Kochtöpfen zu ihr umdrehte, lachte und ihre wulstigen Lippen entblößten eine Reihe weißer Zähne. Schnell wischte sie die Hände an ihrer Schürze ab, bevor sie Lilian die Hand entgegenstreckte.

„Susuma ist eine liebenswerte Frau und eine wunderbare Köchin", klärte Nodin Lilian auf und fügte an: „Billy ist Gärtner und der Mann für alles. Er besitzt eine außergewöhnliche Fähigkeit. Er haucht den defekten Dingen wieder Leben ein."

Bei den Gardeners, so stellte Lilian fest, gehörten die Bediensteten genauso zur Familie, deshalb teilten sie mit dem

Ehepaar die Mahlzeit im angrenzenden Esszimmer. Aiana hatte inzwischen den Tisch gedeckt und winkte Lilian zu sich. „Meinen Sohn haben Sie bereits kennengelernt und meine Tochter wird etwas später eintreffen, da sie noch einen Patienten besuchen muss. Setzen Sie sich. Möchten Sie ein Glas Wein?"

Lilian bejahte und in diesem Moment kam Sam Gardener herein. Diesmal hatte er ein weißes traditionelles Hemd mit einem Jackett angezogen und schwarze Manchesterhosen wie sein Sohn, der ihm gefolgt war. Billy, Susuma und Nodin brachten aus der Küche dampfende Schüsseln und stellten sie auf den Tisch. Bevor man sich hinsetzte, erklärte Sam den Anwesenden, dass Mel, sein älterer Sohn, erst nächsten Samstag aus Texas zurückkehren würde. Kathleen, Sams Schwester, und eine Nichte ihres verstorbenen Mannes würden ihn begleiten.

Man wartete nicht auf seine Tochter, denn Aiana hatte Lilian kurz informiert, dass Lakota eine freiberufliche Ärztin war, die Alternative Medizin praktizierte und viel zu viel arbeite. Sie besaß ein kleines Haus außerhalb von Big Sky, wo sie über ihrem kleinen Laden und der Praxis wohnte. Als man am Tisch saß, sprach Samuel Gardener ein kurzes Dankesgebet und Aiana rundete das Ganze mit ein paar indianischen Worten ab. Das Essen, wovon das meiste auf dem eigenen Boden gereift war, schmeckte vorzüglich.

„Ende September wird bei uns jedes Jahr ein Erntedankfest abgehalten, wobei alle Freunde und Bekannte eingeladen werden", erklärte Aiana und reichte ihr die Schüssel mit den Kartoffeln. Lilian suchte sich zwei mittelgroße Stücke aus und übergab es dem Nächsten.

„Ja, ich kenne diesen Anlass aus meiner Kindheit. In Irland haben die Dorfbewohner alljährlich eine Feier abgehalten. Jeder hat etwas mitgebracht. Meine Großmutter und ich haben haufenweise Scones gebacken. Wenn Sie möchten, werde ich das Rezept meiner Großmutter anwenden und auch etwas zum Erntedankfest beisteuern."

Die Anwesenden waren von ihrer Idee begeistert. Nodin aß schweigend, sagte kaum ein Wort, während sein Blick stets auf Lilian ruhte. Seine stumme Aufmerksamkeit entging ihr nicht und sie versuchte, seinem Blick so gut es ging auszuweichen, was ziemlich schwierig war, denn er saß leicht versetzt gegenüber am massiven Holztisch. Wenn sich ihre Augen begegneten, musste Lilian sich sofort abwenden, denn sie spürte die Röte den Nacken hinauf zum Kopf wandern und sie schämte sich ihrer Schüchternheit. In Bezug auf Männer war sie ziemlich zurückgeblieben. Ihren ersten Kuss hatte sie mit zwölf Jahren beim Abschied von Irland bekommen vom Nachbarssohn ihrer Großmutter. Noch einige Jahre nach ihrer Abreise nach Amerika blieben die beiden in Kontakt. Doch die Briefe und später die E-Mails versiegten mit der Zeit. Aus dem Jungen war ein Mann geworden und heute lebte ihr erster Freund glücklich verheiratet und mit zwei Kindern auf der grünen Insel. Da ihre Großmutter Rose Anne einige Jahre nach ihrer Abreise verstorben war und ihre Eltern das Cottage verkauft hatten, konnte und wollte Lilian nicht mehr nach Irland zurück. Der Schmerz im Herzen über den Verlust war zu groß, als dass sie ihn hätte verkraften können. Später in ihrem Berufsleben gab es ein paar Männer, mit denen sie ausgegangen war, doch ihr Körper hatte sich vehement geweigert, mehr als einen Abschiedskuss zuzulassen. Die meisten ließen ihre Beziehung im Sande verlaufen oder hielten sie für frigide. Sie wurde dieses Jahr sechsundzwanzig Jahre alt und war noch immer Jungfrau. Dieser Gedanke trieb Lilian erneut die Schamesröte ins Gesicht und das Schlimmste daran war, dass sie glaubte, Nodin könne jeden ihrer Gedanken lesen. Sie spürte seinen Blick auf sich und als sie den Kopf hob, sah sie direkt in die unergründliche Tiefe seiner dunklen Augen. Seine sinnlichen geschwungenen Lippen verzogen sich zu einem verträumten Lächeln und die Wirkung auf Lilian war mehr als betörend. Wie von einem Zauber umgeben, hörte sie die Stimmen um sich als fernes Gemurmel und vergaß dabei zu essen.

Als Aiana sie mit der Salatschüssel leicht berührte, kam sie wieder in die reale Welt zurück. „Schmeckt Ihnen das Essen, Miss Brook?"

„Oh, es ist vorzüglich. Ich habe selten so gut gespeist." Sie nahm sich ein wenig vom Salat und versuchte dabei, den Augenkontakt zu Nodin komplett zu unterbinden. Das nächste Mal würde sie sich auf seine Tischseite setzen, natürlich mit einem gewissen Abstand dazwischen.

Als die Haustüre ins Schloss fiel, folgten schnelle Schritte den Korridor entlang und in den Raum schwebte graziös eine bezaubernde, wunderschöne junge Frau. Lilian war von ihrem Erscheinungsbild geblendet und ihre sanfte, etwas tiefe Stimme ließ sie erschauern.

„Entschuldigt meine Verspätung. Bei Jane McQueen sind die Wehen viel zu früh eingetreten. Ich war den ganzen Tag bei ihr und habe ihr Tropfen verabreicht und warme Wickel aufgelegt. Nun hat sich ihr Zustand beruhigt. Aber ich habe Jane empfohlen, einige Zeit das Bett zu hüten, was ihrem Mann Eric überhaupt nicht gefallen hat. Wir suchen

Freiwillige, die den McQueens ein wenig unter die Arme greifen könnten."

Aiana meinte, sie würde sich umhören, und zeigte auf den freien Platz neben dem Gast. „Darf ich dir Lilian Brook vorstellen?"

„Hallo Lilian, erfreut, dich kennenzulernen. Nenn mich einfach Lakota." Die Indianerin in Jeans und mit einem lilafarbenen Flanellhemd bekleidet, schüttelte ihr freundschaftlich die Hand und machte sich mit Heißhunger über das Essen her. Ihre Haare, zu zwei dicken schwarzen Zöpfen geflochten, baumelten bis zu ihrer großen Gürtelschnalle, die ihre schlanke Taille noch hervorhob. Ihre Gesichtszüge waren Aiana sehr ähnlich, nur die Wangenknochen hoben sich durch ihre schmale Gesichtsform mehr hervor, doch die Augen, ein warmes Rehbraun, beobachteten die Menschen um sich herum mit einem amüsanten, sanften Lächeln. Diese junge Frau strahlte eine unglaubliche Faszination aus und wenn sie sich mit ihrer sanften, ruhigen Stimme am Gespräch beteiligte, kamen nur zuvorkommende, liebevolle Worte über ihre schön geschwungenen Lippen.

Als sie den leeren Teller beiseitegestellt hatte, begann man abzuräumen. Es herrschte ein reger Betrieb in der Küche, denn jeder half mit, Ordnung zu schaffen. Susuma füllte die Reste der Mahlzeit zum Mitnehmen in eine Frischhaltebox, die sie mit ernster Miene Lakota überreichte. „Mädchen, du bist viel zu dünn. Irgendwann landest du noch selber unter den Kranken."

Mit einem gurrenden Lachen bedankte sich Lakota und drückte der rundlichen Köchin einen geräuschvollen Kuss auf die Wange. Kurze Zeit später versammelte sich die kleine Gesellschaft in dem großzügigen Wohnzimmer zum Musizieren. Ein heimeliges Feuer knisterte im Wandkamin vor sich hin und die Instrumente für die Musiker standen bereit. Sam nahm den großen Bass, während Ronj sich der Gitarre zuwandte. Wie Lilian später bemerkte, spielten die beiden Männer abwechselnd Banjo, Mandoline und Violine. Aiana übernahm die Stabspiele und Lakota das Xylophon. Lilian bekam ein Tamburin in die Hand gedrückt, mit dem sie nach Belieben den Takt schlagen konnte. Billy und Susuma übernahmen die Trommeln. Nodin, der eine typische handverzierte Indianerflöte ergriff, eröffnete den Musikabend auf eine wehmütige, mystische Weise. Die hellen Töne der Klangspiele begleiteten das Solo, dann folgten der Bass und die Gitarre. Die Trommeln wirbelten mit ihren rhythmischen Schlägen das Ganze etwas auf.

Lilian fand schnell einen eigenen Fluss, denn sie hatte als Kind eine keltische Harfe besessen. Die Lieder wurden immer lebhafter und die Musiker wechselten oft ihre Instrumente. Die Violine, das Banjo und die Mandoline gaben mit der Mundharmonika zusammen dem Ganzen einen Hauch von Countrymusik. Oftmals hörte Lilian auch den irischen Musikstil heraus. Mit Leib und Seele war sie dabei, übernahm das Xylophon, die Stabspiele und die Trommeln. Am meisten interessierte sie das Roosebeck 22 String, das einer Tischharfe glich, oder der Keroncong, der bei der Countrymusik noch gerne benutzt wurde. Sie würde sich in den nächsten Tagen etwas mehr mit diesen Instrumenten befassen. Als man später den Tee zu sich nahm und den köstlichen Früchtekuchen, den Aiana gebacken hatte, genoss, spielten Lakota mit der indianischen Flöte und Nodin an der Panflöte ein harmonisches Duett, das den Abend friedlich ausklingen ließ.

Auch wenn es noch nicht so spät war, mussten alle am nächsten Morgen früh aufstehen. Einer nach dem anderen verabschiedete sich und zog sich zurück.

Lilian bedankte sich bei der Familie für den schönen Abend und den herzlichen Empfang. Ihre Wangen waren vom Musizieren gerötet und ihre sonst so distanzierte Art war für ein paar Stunden vergessen gewesen. Wann war sie das letzte Mal so aufgeblüht? Sie wusste es nicht mehr, denn es war zu lange her. Düstere Erinnerungen schlichen sich in ihre Gedanken. Nachdem ihre Eltern sie zu sich nach Boston geholt hatten und Lilian das Leben in Irland aufgeben musste, war in ihrer Seele etwas zerbrochen. Traurigkeit und eine unbeschreibliche Einsamkeit begleiteten sie ab dann durchs Leben. Nie hätte sie gedacht, dass ihre Fröhlichkeit je wieder geweckt werden würde. Lilian war zu kribbelig und fand einfach keinen Schlaf. Sie stand auf und ging ans Fenster, um die kühle Nachtluft einzuatmen und die innere Sehnsucht, die aufflackerte, ein wenig zu stillen. Gerade als sie zurück ins Bett schlüpfen wollte, sah sie eine dunkle Gestalt, gefolgt von einem Hund, sich dem Haus nähern. Einen Augenblick glaubte sie, Nodin hätte zu ihr hinaufgeblickt, doch es war zu dunkel, um es sicher zu wissen. Wieder kam eine intensive Brise und hüllte sie ein. Derselbe holzige, herbe Geruch stieg ihr in die Nase, den sie immer dann riechen konnte, wenn Nodin in der Nähe weilte. Mit dem Duft und den Gedanken an diesen Mann glitt sie endlich in einen tiefen Schlaf.

Kapitel 2

Der nächste Tag brachte strahlend blauen Himmel und Sonnenschein mit sich. Warme Temperaturen waren angesagt. Lilian plauderte mit Aiana am Küchentisch und genoss ein fürstliches Frühstück.

„Die Männer sind schon seit Tagesanbruch drüben auf der Ranch. Sam hilft beim Bau der Holzhütten mit", erklärte Aiana und wandte sich an Lilian: „Am besten spazieren Sie zuerst zu den Stallungen, Sie dürfen selbstverständlich auch den Wagen nehmen."

Lilian entschied, sich die Füße zu vertreten, und genoss die morgendliche Frische, die in der Luft hing. Die Gegend war umgeben von Hügeln, Waldabschnitten und Weideflächen. Im Nachhinein dachte Lilian, wie sie es nur so lange in der Stadt ausgehalten hatte. Waren diese Erstickungsanfälle und die Phobie, unter denen sie in Boston so gelitten hatte, etwa ein Zeichen dafür gewesen, dass sie viel zu lange ihre Bedürfnisse unterdrückt und zur Seite geschoben hatte? Allmählich war Lilian sich sicher, die richtige Entscheidung getroffen zu haben, auch wenn ihre Eltern über ihren Weggang nicht gerade glücklich gewesen waren. Sie hatte ihnen Computerprogramme installiert und eine Internetseite für ihren Pub eingerichtet. Das hatte ihnen viele neue Kunden gebracht. Ein schlechtes Gewissen musste sie deshalb nicht haben und beim Abschied hatten ihre Eltern ihr viel Erfolg gewünscht. Sie hofften im Stillen, dass ihre Tochter eines Tages wieder zurückkommen würde, um das Geschäft zu übernehmen. Lilian, der die Hoffnung der Eltern nicht entgangen war, schickte jedoch ein stummes Gebet hinauf in die Unendlichkeit des Himmels und hoffte, eines Tages eine harmonische Lösung für dieses Problem zu finden.

Nach zwanzig Minuten Spaziergang in der warmen Sonne erreichte sie die Stallungen. Der Geruch nach Pferden und Heu drang ihr in die Nase, als sie eintrat. Man hörte das vereinzelte Schnauben der Vierbeiner, als sie den langen Gang mit den Boxen entlangschlenderte. Ab und zu streckte ein Pferd neugierig seinen Kopf heraus. Lilian brachte es dann nicht über sich, einfach vorbeizugehen, ohne ein paar freundliche Worte oder Streicheleinheiten zu hinterlassen.

Ein Pferd, das laut wieherte, als würde es nach ihr rufen, zog sie besonders in den Bann. Das Tier war groß, hatte eine dicke schwarze Mähne und war grau-weiß gefleckt. Sie streichelte dem Wallach über die weichen Nüstern und ließ sich von ihm eingehend beschnuppern. „Das nächste Mal bringe ich dir etwas zum Knabbern mit", meinte sie leise. Sie spürte den Wind und roch den Duft, bevor Nodin sie erreicht hatte.

„Hallo Lilian, darf ich vorstellen, mein Pferd ,Wolke'." Nodin übergab ihr einen Kraftwürfel, den Wolke ihr sanft aus der Hand nippte.

„Er ist ein besonders schöner Kerl", meinte Lilian und äußerte sich sehr beeindruckt über die Stallungen. „Alles wirkt sehr gepflegt und sauber."

Nodin freute sich über die Komplimente und lächelte, als er fragte: „Kannst du reiten?"

„Früher in Irland durfte ich mit dem alten Pferd unseres Nachbarn manchmal einige Runden auf dem Feld drehen, aber richtig reiten hat mir niemand beigebracht. Ich liebe diese majestätischen wunderschönen Tiere. Aber selber konnten sich meine Großeltern keines leisten."

„Dann werde ich dir gerne das Reiten von Grund auf beibringen, wenn du möchtest."

Ein Strahlen erschien auf Lilians Gesicht und sie erwiderte eifrig: „Bist du auch noch Reitlehrer? Ich werde dich natürlich dafür entschädigen, denn Reitstunden sind teuer."

Zwischen Nodins Augenbrauen zeigte sich eine kleine Falte und für einen Moment erschien ein Ausdruck von Ärger auf seinem Gesicht, doch als er sprach, war seine Stimme freundlich und bestimmt: „Das kommt überhaupt nicht in Frage. Ich lasse mich von dir nicht bezahlen. Normalerweise kümmere ich mich um die Gäste, die gerne ausreiten. Das ist meine Aufgabe. Ich bin nämlich zuständig für die Pferde und reite schon, seit ich laufen kann. Jeden Tag eine Stunde Unterricht plus Pferdepflege, dann kannst du schon bald die Gegend auf einem Pferd erkunden. Es ist eine schöne, gesunde Freizeitbeschäftigung, ohne der Umwelt Schaden zuzufügen."

Da musste Lilian ihm Recht geben. Nodin führte sie durch die Stallungen, zeigte ihr die Sattelkammer und brachte sie zu dem Lager, wo Heuballen, Stroh und Hafersäcke gelagert wurden. Dann führte er sie auf die Weide, wo Ronj gerade dabei war, mit Lasso und Pferd eine der Kühe einzufangen. Ein Arbeiter, der ihm ein wenig unter die Arme griff, hielt die Herde von der Kuh und ihrem Kalb fern. Der Hund von Nodin rannte aufgeregt vor dem Gatter hin und her, als wollte er mit dieser Aktion auch seine Hilfe beisteuern. Das Erstaunliche daran war, dass er nicht bellte.

Lilian fragte interessiert: „Ist dein Hund eigentlich ein Wolf und warum bellt er nicht?"

Nodin lachte belustigt auf und erklärte: „Nashoba heißt Wolf, aber man weiß nicht genau, wessen Blut in seinen Adern fließt. Er kann furchterregend knurren und herzzerreißend heulen, wenn ihm irgendetwas nicht passt, aber Bellen ist unter seiner Würde."

Ronj hatte inzwischen mit Erfolg die Kuh samt Kalb in der kleinen Umzäunung von der Herde separiert und begrüßte die Zuschauerin, als er abgestiegen war und den staubigen Hut abgenommen hatte. Er erklärte Lilian, dass etwas mit dem vorderen Huf der Kuh nicht in Ordnung sei. Das kleine Kalb versteckte sich ängstlich hinter seiner Mutter, die immer noch ganz aufgeregt schnaufte und angespannt in der Ecke stand. „Eine kleine Pause tut uns allen gut", erklärte Ronj und meinte voller Stolz: „Die Viehherden sind mein Metier." Lilian stellte ihm ein paar Fragen dazu und er beantwortete alles sehr ausführlich.

Später brachte Nodin sie zu Sam Gardener, der mit ein paar Hilfsarbeitern bei der Baufirma Hand anlegte. Dafür nahmen sie den Pick-up, denn Lilian hätte nochmals fast genau so weit laufen müssen. Das erste vollständig fertiggestellte Gebäude, vor dem sie anhielten, war einiges größer als die neun anderen Gästeunterkünfte, die darauf folgten.

Nodin erklärte, dass dies das Haupthaus sei und auch als Empfang und Restaurant genutzt würde. „Das oberste Stockwerk bewohnen Billy und seine Frau. In der Saison ist Susuma die leitende Köchin. Natürlich stehen ihr in der Küche dann noch zusätzliche Hilfskräfte zur Verfügung."

Die ersten neun fertiggestellten Holzhütten waren sauber und ländlich eingerichtet. Für die Gäste ein wahres Abenteuer. Jedes besaß ein Bad und eine Dusche. Die kleine offene Küche und die Ablage, wo man etwas Warmes zubereiten konnte, waren eine kleine Zugabe.

„Dieses Jahr hatten wir zum ersten Mal geöffnet und die Gäste, die hier Urlaub machten, waren sehr angetan. Die Meisten haben nächstes Jahr erneut gebucht."

Lilian hörte Stolz aus Nodins Stimme und sofort war in ihr die Geschäftsfrau erwacht. „Ich werde ein paar Fotos von den Gasträumen, den Stallungen und der Umgebung machen. Die Gestaltung, und damit meine ich schöne idyllische Bilder, haben eine außergewöhnliche Anziehungskraft auf das menschliche Auge. Sie lockern das Ganze etwas auf. Wenn Mel, Ihr Bruder, dann hier ist, werden wir uns mit den Details beschäftigen. Bis dahin sammle ich Ideen und bereite etwas vor, das ich euch vorlegen kann."

Nodin stimmte ihr zu und während sie ein paar Worte mit seinem Stiefvater wechselten, schaute sie zu, wie die Bauarbeiter mit Kranen die dicken Dachbalken ineinander verkeilten. Bis zur nächsten Saison wollten sie mehr als das Doppelte an Holzhütten aufgestellt haben. Dies schien eine große Herausforderung zu werden, stellte Lilian fest, aber auch harte Arbeit, die verrichtet werden musste. Jeder, der involviert war, steuerte auf seine Art ein Stück zu diesem Erfolg bei. Aber die gebürtige Irin liebte Herausforderungen und harte Arbeit.

Ein glänzender dunkelblauer Geländewagen hielt an der Baustelle und Aiana stieg lächelnd aus. Aus dem Kofferraum entnahm sie einen großen übervollen Korb und zwei riesige Thermosflaschen. Nodin eilte ihr sofort entgegen und half ihr, den Brunch für die Arbeiter zu entladen. Die Maschinen wurden abgestellt und ein lauter Jubel brach aus. Die Männer genossen die Arbeit hier auf der Farm, denn Aiana Gardener verpflegte nebenbei die hart arbeitenden Männer mit köstlichen Sachen und gutem Kaffee. Den Lunch bekam die Mannschaft vorne im Hauptgebäude, wo Susuma während der Woche die Verköstigung übernahm.

Der Bauführer, ein guter Bekannter der Familie, meinte, nachdem er eines der köstlich belegten Brote genossen hatte:

„Madam, wenn Sie weiter meine Männer so verwöhnen, werden die Hütten nie fertig werden, weil es ihnen hier so gut gefällt."

Aiana lachte mit ihrer sonoren, leicht heiseren Stimme auf und entgegnete: „Weißt du denn nicht, John, dass mein Essen verzaubert ist und es darum nur noch schneller geht."

Ein lautes Gelächter folgte, doch nur Lilian bemerkte das leichte Schmunzeln auf Nodins sinnlichen Lippen. Sie ahnte, dass die Worte gar nicht so abwegig waren. Auch wenn die Irin die mystische Seite in ihr schon sehr lange aus dem Herzen verbannt hatte, konnten die ursprünglichen Wurzeln nicht ganz herausgerissen werden. Äußerlich ließ sie sich aber nichts anmerken und ihre Gesichtszüge zeigten keine Regung. Sie verteilte Brote, schenkte Kaffee nach, und da Nodin der Belegschaft erklärte, dass Lilian Brook die Computerexpertin aus Boston war, wurden ihr auch keine Fragen über ihren Aufenthalt auf der Ranch gestellt. Ein paar jüngere Männer warfen ihr Blicke zu, die sie jedoch ignorierte, indem sie sich gelassen gleichgültig ihrer Arbeit zuwandte.

Als alles aufgeräumt und die gesättigten Männer sich wieder ihren Aufgaben stellten, fuhren Lilian und Aiana zum Landhaus zurück. Die Herrin des Hauses lehnte jede Art von Hilfe in der Küche ab und so beschloss Lilian, sich mit dem Fotografieren zu beschäftigen. Der ganze Tag war damit ausgefüllt und dennoch waren noch nicht alle Sujets dabei. Sie plante, am nächsten Morgen weiterzumachen. Zum Abendessen waren nur die Gardeners da. Nodin, so erklärte Aiana, verbrachte normalerweise seine Abende zu Hause in seinem eigenen Heim. Die beiden hatten bisher ihr erstes Zusammentreffen dort nicht erwähnt. Lilian, weil sie sich schämte und Nodin war kein Mann von unnützen Worten.

Am nächsten Tag war Lilian schon früh auf den Beinen. Nach dem Frühstück, das sie sich selbst zubereitet hatte, begrüßte sie Aiana, die schon fleißig im Garten arbeitete. Sie versprach, zum Lunch wiederzukommen und würde nun ein paar Fotos von der Landschaft knipsen. Das Wetter, erst sonnig und warm, wurde gegen Mittag zunehmend bewölkt und Lilian musste die Außenaufnahmen beenden. Als sie die Stallungen betrat, kam ihr Nodin entgegen. Sie bat ihn um Erlaubnis, am Nachmittag die Fotos von den Stallungen und den Pferden machen zu dürfen.

Der Mann lachte erfreut auf und erwiderte: „Das wird uns bei diesem schlechten Wetter ein wenig aufmuntern. Aber jetzt ist es Zeit für das Mittagessen."

Nodin nahm sie bei der Hand und führte sie zu seinem ziemlich schmutzigen Truck. Nashoba, der aus dem Nichts plötzlich dastand, quetschte sich auf den Boden des Beifahrersitzes und schaute Lilian mit seinen grüngoldenen Augen wachsam an. Seine Zunge hing ihm, weil er gerannt war, aus dem Maul und sein Brustkorb hob und senkte sich.

„Darf ich ihn streicheln?" fragte Lilian und Nodin, der den Motor startete, schaute kurz rüber: „Aber sicher. Der Kerl liebt es, Streicheleinheiten zu bekommen. Eines kann ich dir sagen, damit erreichst du bei ihm eine Menge Pluspunkte."

Schüchtern legte Lilian die Hand auf seinen Kopf und begann sanft darüber zu streicheln. Sofort schloss der Hund seine Augen zu kleinen Schlitzen und lehnte beim Fahren mit seinem ganzen Körper an Lilians Beine. Innerlich musste sie darüber schmunzeln. Da sah man doch, wie anhänglich ein Tier wurde, wenn man ihm ein bisschen Liebe schenkte. Die Fahrt dauerte nicht lange, da Nodin wie ein Verrückter fuhr. Lilian nahm an, dass der Hunger ihn so angetrieben hatte. Später erfuhr sie, dass die Brüder untereinander sich früher gerne mal ein Rennen mit ihren Trucks geliefert hatten, was Aiana mit einem missmutigen Blick auf ihre Söhne quittierte.

„Und wer hat gewonnen?", fragte der Vater mit einem verschmitzten Lächeln auf dem Gesicht.

Sam schöpfte sich gerade Eintopf aus der großen Schüssel, die seine Frau ihm hinhielt. Ronj räusperte sich verlegen, bevor er antwortete: „Meistens Mel. Dafür bin ich besser mit dem Lasso und Nodin der Schnellste zu Pferd."

Aiana gab sich mit der Antwort nicht gerade zufrieden, ließ sich jedoch von dem sanften Händedruck ihres Mannes wieder beruhigen. Lilian konnte in den wenigen Tagen seit ihrer Ankunft feststellen, dass Sam und seine zweite Frau sich sehr liebten und eine außergewöhnlich harmonische Ehe führten. Was die gemischte Familie anging, so konnte man die enge Verbundenheit zwischen den Halbgeschwistern nicht übersehen. Lilian war gespannt auf den ältesten Sohn. Mel war ihr Auftraggeber und Boss. Mit ihm musste sie am engsten zusammenarbeiten. In vier Tagen würde sie ihn endlich kennenlernen und sich eine eigene Meinung bilden können. Nach dem Mittagessen vertrieb Aiana alle aus der Küche.

Lilian fuhr wieder mit Nodin und seinem Hund zu den Stallungen. Es hatte zu regnen begonnen und sie war froh, ihre Arbeit im Trockenen zu verrichten. Mit zusätzlicher Belichtung erhellte sie ihre Sujets, die sie sorgfältig auswählte. Lilian arbeitete sehr effizient und da sie am frühen Nachmittag bereits fertig war, zeigte ihr Nodin, wie man ein Pferd für einen Ritt vorbereitete. Zuerst wurde es aus der Boxe geführt und in der Nähe der Sattelkammer festgebunden. Dann wurde das Fell ausgiebig gestriegelt und die Hufe mit dem speziellen Hufkratzer gesäubert. Bevor der schwere Westernsattel mit dem Knauf über den Rist gehievt wurde, legte man einen Patch darunter, der als Schutz gegen das Wundscheuern half. Das Zaumzeug wurde ganz am Schluss angelegt. Die Trense war aus Leder nur der Gebissteil aus Metall. Lilian durfte den gefleckten braun-weißen Wallach zu der überdachten Koppel führen, was sich unheimlich gut anfühlte. Es war ein lieber, gutmütiger Kerl, der eine langsame Gangart bevorzugte. Überall versuchte er herumzuschnüffeln und Lilian musste ihn jedes Mal ermuntern, weiterzugehen. Draußen angekommen, hielt Nodin die Zügel und Lilian setzte den Fuß mit den knöchelhohen Turnschuhen in den Steigbügel.

„Für Morgen besorge ich dir ein Paar Westernstiefel", versprach Nodin und war erstaunt, wie gekonnt Lilian sich auf das Pferd setzte. Dann führte er sie ein paar Runden herum, erklärte ihr dabei gewisse Regeln und gab Anweisungen, wie man Schenkel, Ferse und die Haltung zum Führen eines Pferdes benutzte. „Die Zügel lässt du immer locker und brauchst sie nur ganz sanft. Die Tiere haben ein sehr empfindsames Maul und wenn wir zu fest daran reißen, kann das sehr schmerzhaft für das Pferd sein."

Nodin war ein guter und geduldiger Lehrer und Lilian eine aufmerksame Schülerin. Bereits nach einigen Lektionen durfte sie das Pferd selbstständig satteln. Sie lenkte es auf der Koppel schon so gut, dass ihr Nodin am Freitag eröffnete, dass sie nun bereit sei, am Samstagnachmittag ihren ersten Ausritt zu unternehmen, was Lilian ungeheuer ermunterte. Am Morgen plante sie in der Ortschaft Big Sky einzukaufen. Sie wollte echte Lederstiefel und einen Hut mit breiter Krempe erstehen, den jeder Cowboy hierzulande trug. Bis jetzt hatte sie nur alte abgenutzte Stiefel von Aiana benutzt. Eine Schaffelljacke und gefütterte Jeans waren etwas, das man nicht missen sollte, erklärte ihr Nodin, da der Winter in Montana ziemlich ausdauernd sein konnte.

Nach einer eingehenden Shoppingtour durch das große Kaufhaus in Big Sky, wo sie alles fand, was sie benötigte, kam Lilian gegen Mittag zur Ranch zurück. Aiana und Susuma waren in der Küche eifrig damit beschäftigt, Vorbereitungen für das Abendessen zu tätigen. Mel würde mit den Gästen am späten Nachmittag eintreffen. Lilians Hilfe lehnten sie freundlich ab und setzten ihr zum Lunch einen feinen Gemüseeintopf vor. Das dunkle knusprige Sauerteigbrot war noch warm und schmeckte himmlisch. Die beiden Frauen, die sich plaudernd zu ihr setzten, erklärten, dass Sam nach Bozeman gefahren sei, um den Trupp abzuholen. Da Lilian sich ungeheuer auf ihren ersten Ausritt mit Nodin freute und ihre neuen Stiefel und den Stetson vorführte, entgegnete Aiana begeistert: „Dann bist du ja bei meinem Sohn in den besten Händen. Vergesst aber nicht, um sechs Uhr wird zu Abend gegessen." Lilian war sehr neugierig auf Sams Schwester. Kathleen wäre eine echte Powerfrau und in ihrer Gesellschaft würde es einem nie langweilig werden, hatte man ihr erzählt.

Der blaue Himmel und das bunte Herbstlaub, das im warmen Sonnenlicht leuchtete, ließen Lilians Herz jubeln, als sie auf eine kleine Anhöhe ritten. Von dort sah man hinunter zur Ranch. Der Fluss wand sich durch die Talschneise und schlängelte seinen Weg hinab zu den weiten Flächen Montanas, wo man Getreidefelder bewirtschaftete. Ab und zu erklärte Nodin ihr die Gegend und beantwortete Fragen. Die meiste Zeit jedoch schwiegen sie und Lilian genoss den Ritt durch kleine Waldabschnitte, sanfte Hügel und weite Ebenen. Nashoba begleitete sie und sprang aufgeregt voran. Manchmal verschwand der Hund im Dickicht und kam nach einer Weile wieder zu ihnen zurückgerannt. Die Zunge hing ihm hechelnd aus dem Maul. Nashoba wirkte unheimlich glücklich und schien den Ausflug so richtig zu genießen. Zwischendurch, wenn eine übersichtliche Strecke folgte, durfte Lilian nicht nur traben, sie vollführte sogar einen kurzen gekonnten Galopp. Nodin lobte die Anfängerin und dabei konnte er sehen, wie Lilians Herz zu glühen begann. Dann schenkte er der jungen Frau sein umwerfendes Lächeln und sie wurde von einem leichten Windhauch umgeben. Der vertraute herbe Duft von Holz, den sie nur in Nodins Anwesenheit roch, umhüllte sie und trieb ihren Pulsschlag in die Höhe. Am Schluss dauerte der Ausritt doch länger als vorgesehen. Bei der Rückkehr stand die Sonne bereits tief am Horizont. Die Pferde mussten abgesattelt, trockengerieben und gefüttert werden. Bevor Lilian die Box des alten Wallachs verließ, streichelte sie zärtlich über seinen Kopf und klopfte sanft an seinen kräftigen Hals. Nodin war lautlos in die Box getreten und legte seine Hand auf ihre. Mit seiner Nähe spürte Lilian auch eine sengende Hitze. Vor ihr ragte der massive Körper des Pferdes auf und hinderte sie, zurückzuweichen. Da sie Nodin nicht in die unendlich tiefgründigen Augen sehen musste, nahm sie die Gelegenheit wahr, sich bei ihm für den wunderschönen Ausritt zu bedanken. Sie spürte seinen warmen Atem am Nacken, und als er leise sprach, überlief sie ein wohliger Schauer: „Warum verschließt du deine Gefühle, Atsila?"

Langsam drehte sich Lilian um und blickte direkt in diese warmen dunklen Augen, die sie von Anfang an verzaubert hatten. Doch da spürte sie plötzlich eine eisige Kälte in sich aufsteigen, die jegliche tiefere Gefühle in ihr verdrängte. „Ich verschließe meine Gefühle nicht", erwiderte sie ärgerlich und versuchte, sich von ihm abzuwenden. „Wieso nennst du mich Atsila?"

Nodin ging einen Schritt zurück und gab ihr den nötigen Abstand, hielt jedoch immer noch ihre Hand. „Atsila ist die Tochter des Feuers. Als ich dich das erste Mal gesehen habe, hat dein Körper von innen her geleuchtet und dein Herz loderte wie ein Feuer."

Lilian schaute ihn ungläubig an, die grünen Augen weit aufgerissen. „Das kann nicht sein", murmelte sie vor sich hin, „das ist unmöglich."

Nodin ließ ihre Hand nun los und antwortete: „Nichts ist unmöglich. Solange du deine wahre Seele verleugnest, wirst du niemals glücklich werden. Eine indianische Weisheit sagt: Erdenke die Welt nicht mit deinem Gehirn, sondern mit deinem Herzen."

Lilian antwortete ihm nicht darauf, ließ sich jedoch die gesagten Worte durch den Kopf gehen. Abwesend in Gedanken versunken verabschiedete sie sich: „Danke nochmals für alles. Wir sind spät dran. Du entschuldigst mich."

Nodin ließ sie gehen und sein Blick folgte ihr wehmütig. Diese Frau musste sehr gelitten haben, wenn sie ihre Gefühle so in sich verschloss, dachte er bei sich und hoffte, mit Geduld und Liebe eines Tages ihr Herz erweichen zu können.

Als Lilian das Landhaus betrat, hörte sie Stimmen und Gelächter aus dem Wohnzimmer. Leise, um nicht bemerkt zu werden, stieg sie die Treppe hinauf, nahm eine Dusche und zog ein festliches Kleid an. Ihre roten Haare fielen ihr in wilden Locken über die Schultern. Das grüne Samtkleid, etwas dunkler als ihre Augen, reichte ihr bis zu den Waden und umspielte dabei ihre weiblichen Rundungen.

Im Korridor traf sie auf den hübsch herausgeputzten Ronj. Wie selbstverständlich hielt er ihr den Arm entgegen und führte sie wie ein echter Gentleman in den Salon, wo sich einige Augenpaare interessiert auf die beiden richteten.

„Darf ich vorstellen: Lilian Brook – meine Tante Kathleen Morena."

Eine zierliche kleine Frau mit blonden kurzen Haaren und Augen im selben Blau wie ihr Bruder reichte ihr die Hand. Kathleen hatte einen erstaunlich festen Händedruck. Ein freundliches Lächeln erschien auf ihrem gebräunten Gesicht. „Nur Kathleen für Sie, meine Liebe."

Lilian mochte die kleine, offenherzige Frau sofort. Als Nächstes wurde ihr die Nichte ihres verstorbenen Mannes vorgestellt. „Citlali ist ein mexikanischer, indianischer Name und bedeutet Stern", erklärte Ronj, dabei bemerkte er mit einem Zwinkern in den Augen: „Sieht man in ihren dunklen, verträumten Augen nicht goldene Sterne leuchten?"

Citlali war eine sehr hübsche und interessante junge Frau. Zierlich gebaut und nicht sehr groß, besaß sie an den richtigen Stellen die weiblichen Rundungen, die Männer in Schwärmen anzogen. Sie lachte mit einer tiefen, heiseren Stimme und schubste Ronj leicht an: „Willst du mich immer noch um den Finger wickeln? Eines Tages erblinden deine Augen am Anblick der vielen schönen Frauen, denen du den Hof machst."

Lilian nahm sofort das leichte Knistern wahr, dass die beiden verströmten, und schenkte Citlali ein wohl wissendes Lächeln. Endlich wurde sie dem ältesten Sohn Mel vorgestellt. Der junge Mann war gross gebaut, sein braunes Haar kurz geschnitten und ordentlich nach hinten gekämmt. Der Anzug gab ihm ein weltmännisches Aussehen. Die Augen, ein warmes Graubraun, musterten Lilian, und sein sinnlicher Mund formte sich zu einem breiten Lächeln. Die Stimme, ein melodiöser, tiefer Klang, war das Einzige, das an Sams Erbanlagen erinnerte.

Sam Gardener reichte Lilian einen Drink und bat sie, Platz zu nehmen. Aus der Küche hörte sie Lachen und im gleichen Moment schwang die Türe auf und Lakota rauschte mit einem Tablett voller kleiner Snacks herein. Diesmal trug sie ein wunderschönes indianisches Kleid. Die glänzenden schwarzen Haare fielen ihr offen über den Rücken bis zur schlanken Taille, die ein farbenfroher, geflochtener Gürtel zierte und das wadenlange nachtblaue Kleid betonte. Ihre schlanke Gestalt, die in schwarzen bestickten Mokassins steckte, bewegte sich so fließend und leicht, dass man meinte, sie schwebe über dem Boden. Das freundliche Lächeln verblasste für einen kurzen Augenblick, als sie Mel den Teller mit den Köstlichkeiten anbot. Seine Augen begegneten den ihren nicht, sonst hätte er die tiefe Sorge darin bemerken müssen, die kurz aufgeblitzt war. Doch Lilian, eine gute Beobachterin, durchschaute unweigerlich die stille Distanziertheit, die zwischen den beiden herrschte. Es wurde hauptsächlich über das neue Projekt geplaudert. Lilian fand während des Gesprächs heraus, dass Kathleen sich an den Kosten des Resorts beteiligt hatte und deshalb so großes Interesse an den neuen Plänen zeigte. Aiana kam aus der Küche und rief zu Tisch. Wo blieb Nodin? Lilian machte sich Sorgen. Hatte sie ihn vielleicht verärgert mit ihrer etwas kühlen Haltung im Stall? Doch kaum hatte Lilian das Esszimmer betreten, kam Nodin lächelnd mit einer dampfenden Schüssel in den Händen aus der Küche geeilt. Als wäre es das Normalste auf dieser Welt, setzte er sich neben Lilian und strich ihr dabei sanft über die Hand. Ein Prickeln durchfuhr sie dabei und seine Nähe beunruhigte sie mehr als nur ein bisschen. Doch die Erleichterung darüber, dass er keine Verärgerung zeigte, ließ sie entspannen und das vorzügliche Essen genießen. Über den Tisch hinweg wurde angeregt geplaudert und die Atmosphäre im Raum konnte durch nichts getrübt werden. Lilian fühlte sich sehr privilegiert, dieser großen, herzlichen Familie anzugehören.

Nach dem Abendessen wurde wieder musiziert. Doch dieses Mal gab es sogar ein paar Tanzeinlagen. Dabei bildete man einen Kreis. Die Arme ineinander verschränkt und mit den Füßen den Rhythmus gestampft, drehte man sich harmonisch zur Musik. Dazwischen lösten sich zwei Tänzer, traten in die Mitte des Kreises und drehten sich schwungvoll herum.

Danach gliederte sich das Paar wieder ein und wurde durch zwei weitere Tänzer abgelöst. Die überhitzten Gemüter brachten Aiana und Lakota mit einem ruhigen Lied und ihren schönen Stimmen wieder zur Ruhe. Lilian entdeckte einen wehmütigen Ausdruck auf Mels Gesicht und seine Augen glänzten verdächtig feucht. Nur zu gut konnte sie sich in den jungen Mann hineinversetzen. Viel zu oft war sie selbst der Melancholie und Traurigkeit verfallen. Auch wenn er äußerlich einen starken Mann repräsentierte, so besaß er einen weichen, sensiblen Kern, den er vor den Menschen versteckt hielt. Tat sie nicht dasselbe? Die Ähnlichkeit fiel ihr wie Schuppen von den Augen. In Gedanken versunken bemerkte sie erst später, dass sich Aiana, Sam und Kathleen zurückgezogen hatten. Das Aufräumen überließen sie den jungen Leuten. Sie rückten die Möbel wieder an ihre Plätze, trugen die Instrumente ins Musikzimmer zurück und brachten das benutzte Geschirr in die Küche. Dabei führten Ronj und Citlali lautstarke Debatten über das Frauenrecht, das in manchen Ländern leider noch nicht anerkannt wurde. Die zwei verschwanden dann hinauf, um sich einen Film anzusehen. Nun war es bedeutend ruhiger in der Küche geworden. Lakota wollte sich auf den Heimweg machen, doch Nodin und Mel versuchten sie zu überzeugen, doch besser in ihrem alten Zimmer zu übernachten. Bedauernd schüttelte sie den Kopf und erklärte, am nächsten Tag früh aufstehen zu müssen.

Nodin fand, der Grund sei albern: „Du musst morgen nur einige Kilometer weiterfahren und wärst nicht ganz allein."

Doch seine Schwester ließ sich nicht umstimmen. Lakota arbeitete drei halbe Tage zusätzlich im Krankenhaus, wo sie Kurse zur alternativen Medizin anbot und auch Patienten behandelte. Lilian fand ihren Beruf sehr interessant und wollte unbedingt mehr über ihre Heilmethoden erfahren. „Ruf einfach an, wenn du mal Zeit hast", meinte Lakota freundlich und überreichte Lilian eine Visitenkarte. Dann wandte sie sich kurz Mel zu, sprach leise einige Worte mit ihm und verabschiedete sich mit einem schlichten Winken. Ihre Gesichtszüge wirkten plötzlich nicht mehr so fröhlich und die dunklen Augen blickten traurig, als sie sich abwandte und den Raum verließ. Auch Mel starrte bedrückt vor sich hin und verließ nach einer Weile mit kargen Abschiedsworten die Küche. Zurück blieben Lilian und Nodin. Sie entschieden, ein wenig frische Luft und ein Abendspaziergang mit Nashoba würde ihnen guttun. Der abnehmende Mond erhellte die klare Nacht mit seinem sanften Licht. Am dunklen Himmel funkelten abertausende von Sternen und verzauberten die Nacht in ein Mysterium. Nodin nahm Lilians Hand und führte sie am Garten vorbei an den nahe gelegenen Waldrand. Nashoba flitzte übermütig voraus und entdeckte mit seiner Schnüffelnase die Spuren der Tiere, die sich bis in die Nähe des Hauses getrauten.

„Wie gefällt es dir bei uns?" Nodin brach das Schweigen und blieb stehen, um Lilian anzuschauen.

Ihr Gesicht war nur ein Schatten, aber in ihrer Stimme lag eine Fröhlichkeit, die Nodin tief bewegte: „Sehr gut, seit ich mit zwölf Jahren aus Irland fortgehen musste, habe ich mich nicht mehr so frei und glücklich gefühlt. Ihr seid eine faszinierende Familie und besonders schätze ich es, so freundlich in eurem Kreise aufgenommen worden zu sein."

Nodin drückte sanft ihre Hand und sie spazierten den kleinen Pfad, der etwas anstieg, entlang, bis sie eine massive geschnitzte Holzbank erreichten. Dort setzten sie sich hin und

Nodin begann mit seiner ruhigen, melodiösen Stimme zu erzählen: „Ich bin hier auf dieser Ranch aufgewachsen. Mein Vater hatte denselben Job verrichtet und sich um die Pferde gekümmert. Das liegt uns im Blut. Zuerst arbeitete er für den alten Gardener. Wir wohnten über den Ställen und wurden von der Rancher-Familie als rechtschaffene Leute akzeptiert, was in dieser Gegend nicht gerade üblich ist. Indianer gehörten der minderen Klasse an. Mein Vater und Sam waren befreundet und so waren es auch Aiana und Sams erste Frau Rosemary. Es ergab sich, dass wir Kinder miteinander die Freizeit mit Reiten, Fischen und vielen anderen Dingen, unter anderem auch harte körperliche Arbeit, teilten. In dem Jahr, als Sams Vater starb, wurde seine Frau Rosemary sehr krank. Aiana pflegte sie bis zu ihrem Tod. Für Sam und seine Söhne war es eine harte Zeit. Aiana half Susuma im Haushalt und zusätzlich kümmerte sie sich um die mutterlosen Kinder. Von da an verbrachten wir jeden Sonntag mit der Familie Gardener. Kaum war ein Jahr vergangen, kam mein Vater bei einem Autounfall ums Leben. Ein betrunkener Fahrer hatte ihn von der Straße gedrängt. Sein Fahrzeug wurde spät in der Nacht am Abgrund, zertrümmert, in einem Baum gefunden. Er hatte einen Genickbruch erlitten und war auf der Stelle tot. Damals war ich vierzehn Jahre alt und Lakota zwei Jahre jünger. Meine Mutter, eine äußerst starke Frau, wusste, dass sie alle Kraft aufwenden musste, um weiterzuleben. Sie hat uns so viel Liebe geschenkt, dass es sogar für die Familie Gardener gereicht hatte. Sam und Aiana, die sich gegenseitig Trost spendeten, verliebten sich ineinander und heirateten. Ich war außer auf dem College in Bozeman noch nie fort aus Montana und ich verspüre auch nicht den Drang, es zu tun. Hier ist meine Heimat, mein Ursprung und hier ist meine Seele verankert."

Als er schwieg, begann es nur so aus Lilian zu sprudeln. Noch nie zuvor hatte sie jemanden von ihrer Vergangenheit erzählt: „Meine ersten Lebensjahre verbrachte ich in einem kleinen Dorf mitten im Süden von Irland, zufrieden mit meinen Großeltern, die mir sehr viel Liebe und Geborgenheit schenkten. Meine Eltern, die nach Boston ausgewandert waren, um sich dort eine Existenz aufzubauen, eröffneten nach vielen Jahren harter Arbeit ein irisches Pub. Mein Großvater starb ein Jahr, bevor mich meine Eltern nach Amerika holten. Ich war damals zwölf Jahre alt und wollte nicht fort aus Irland. Sie drängten mich jedoch dazu mit der Begründung, mir eine gute Schulbildung zu ermöglichen. Die Trennung brach mir und meiner Großmutter fast das Herz. Auch wenn wir uns oft geschrieben haben, weinte ich im Stillen nächtelang vor Sehnsucht geplagt vor mich hin. Meine Großmutter, Rose Anne genannt, starb vier Jahre später an Herzversagen und meine Eltern verkauften das Cottage, um mich mit dem Geld später aufs College zu schicken. Ich habe mich damals in meinem Schmerz vergraben und nur noch gelernt. Der Computer hat mich fasziniert und mit dem Studium konnte ich meine Traurigkeit und Einsamkeit verdrängen."

Lilians Stimme wollte versagen und ein Seufzer entrang sich ihrer Kehle. Nodin zog sie an sich und legte ihren Kopf an seine breite Schulter. Sie hörte seine tiefe, vibrierende Stimme an ihrem Ohr, als er leise sprach. „Wenn du nicht Computer-Expertin geworden wärst, hätte ich dich vielleicht nie kennengelernt. Für mich bist du die faszinierendste Frau auf der Welt und ich habe sehr lange auf dich gewartet."

Erstaunt hob Lilian den Kopf und schaute in die dunklen Augen, in denen sich der helle Mondschein widerspiegelte. Ehrfurcht und grenzenlose Liebe waren darin zu erkennen. Sie war zu bewegt, um zu sprechen, und als sich seine Lippen auf ihre senkten, vergaß sie alles um sich. Sie fühlte den Windhauch, der ihren Körper zärtlich streichelte, und schmeckte den holzigen, herben Geruch, der sich mit ihrem Duft vermischte. Der Kuss dauerte eine Ewigkeit und verzauberte ihre Seele. Endlich hatte sie einen Teil der verlorenen Sehnsucht wiedergefunden. Aber noch gab es Geheimnisse zwischen ihnen, die unausgesprochen und verborgen blieben.

Nach diesem Abend war die Anziehungskraft zwischen ihnen nur noch stärker geworden. Am nächsten Morgen erwachte Lilian und fühlte sich immer noch so glücklich wie am Abend zuvor. Als sie frühstückte, kam Aiana aus dem Garten und brachte einen gefüllten Korb mit Obst herein. Sie wollte Apfelkuchen backen und Lilian half ihr dabei. Draußen pflückten Susuma und ihr Mann Billy das reife Obst von den Bäumen. Sie füllten einige Holzharasse, die sie über die Wintermonate im Keller lagerten. Aiana brauchte nur einen Blick, um die Veränderung auf Lilians Gesichtszügen zu deuten. Auch bei Nodin, dem sie heute früh begegnet war, lag ein träumerisches Lächeln auf den Lippen. Von Anfang an sah sie die Verbindung der beiden Seelen und schmunzelte still in sich hinein. Die Vorsehung, mit der sie geboren worden war, sah die Indianerin als Geschenk der Götter. Aiana hatte den Namen „ewige Blüte" erhalten, weil sie eine besondere Begabung besaß. Sie ließ alle Lebewesen um sich herum erblühen. Dieses Lebenselixier versprühte die Indianerin jeden Tag von Neuem. Menschen, Pflanzen sowie Tiere nahmen dieses wertvolle Geschenk hingebungsvoll in sich auf.

Lilian schälte zufrieden mit sich und der Welt die Äpfel, während Aiana summend den Teig mit der Butter, den Eiern und dem Mehl vorbereitete. Als der Kuchen im Ofen war, wurde der Gemüseeintopf aufgesetzt, der für den Lunch bestimmt war. Den frischen Brotteig, der unter dem Tuch schon aufgegangen war, verarbeiteten die beiden Frauen plaudernd zu kleinen runden Semmeln. Verziert wurden die Brötchen mit Sesamsamen, Sonnenblumenkernen und Mohnsamen.

Aus dem Salon kamen Kathleen und Citlali herein. „Tat das gut, wieder einmal ein Feuer zu entfachen und die Wärme in sich aufzusaugen. Ich habe diese offenen Kamine so vermisst. Die Kleine hier hat ihre Sache gut gemacht."

„Es ist so kalt in Montana", bemerkte Citlali fröstelnd. Sie war in Texas geboren und aufgewachsen.

„Wir werden heute Nachmittag einen Einkaufsbummel machen und dir entsprechende Kleider kaufen", meinte Kathleen, die mit Jeans, Cowboystiefeln und einem warmen Pullover bekleidet war, während Citlali nur ein dünnes Leibchen und leichte Schuhe trug. „Bei dieser Gelegenheit werden wir Lakota einen Besuch abstatten und ihren Kräuterladen plündern. Dann sind wir über den Winter gut ausgerüstet und können allen Krankheiten trotzen", belehrte Kathleen ihre Nichte.

„Ich werde euch mit Vergnügen auf der Shoppingtour begleiten", entgegnete Aiana entzückt, „bei dieser Gelegenheit werde ich auch die Arzneivorräte aufstocken. Wir bringen Lakota dann Kuchen mit. Kommst du auch, Lilian?"

Da Lilian geplant hatte, den Nachmittag mit Nodin auszureiten, lehnte sie dankend ab. „Nodin wollte mir sein neues Haus vorführen."

„Oh!" meinte Kathleen erstaunt und zog ihre geformten Augenbrauen hoch. Nun musterten drei Augenpaare Lilian mit einem wissenden Lächeln. Nodin war kein Mann, der seine Privatsphäre einfach so öffentlich preisgab, da musste schon mehr dahinterstecken.

Nach dem gemütlichen Mittagessen sattelten Lilian und Nodin die Pferde. Ihr gemeinsamer Ausritt führte sie diesmal auf die andere Seite des Flusses. Dort grenzte das Land der Gardeners an das größte Resort von Big Sky, das ihrem Nachbarn Gillian Logan gehörte. Der reichste Mann der Umgebung hatte auf seinem Land hundert Gästehütten, ein Hotel und einen Golfplatz gebaut. Das Gelände wurde durch den angrenzenden Wald, der den Gardeners gehörte, vom Nachbar getrennt. Die hügelige Landschaft ließ die beiden Reiter im Schritttempo gehen. Diesmal gab Nodin seinem Hund den Befehl, bei Fuß zu laufen. Nicht nur Nashoba hob seine Nase und umrundete wachsam seine Begleiter, auch die Pferde schienen unruhig zu sein.

Nodin, dessen Gedanken schon den ganzen Tag bei Atsila weilten, bemerkte die Gefahr zu spät. Gerade als sie im Wald auf eine kleine Lichtung trafen, hörten sie einen furchtbar lauten Knall. Es war der Schuss aus einem Gewehr und bevor Nodin die Zügel des Wallachs ergreifen konnte, rannte das Pferd wie verrückt los. Lilian, die von dem Vorfall überrascht wurde, konnte sich gerade noch am Sattelknauf festhalten. Zum ersten Mal spürte sie diese geballte Pferdestärke unter sich und war ihr völlig ausgeliefert. Noch nie in ihrem Leben war sie so schnell geritten. Orientierungslos galoppierte der aufgeschreckte Wallach davon. Lilian blieb nichts anderes übrig, als sich tief über den Hals des Pferdes zu beugen, um den Ästen auszuweichen, die ihr entgegenschlugen. Manchmal traf sie ein Schlag am Oberschenkel oder es streifte sie etwas am Rücken. Endlich kamen sie aus dem Wald heraus auf eine Wiese. Ein heftiges Aufbäumen des Wallachs riss Lilian aus dem Sattel. In einem hohen Bogen flog sie durch die Luft und landete im hohen Gras auf ihrem Hinterteil. Die donnernden Hufe entfernten sich und auch das Beben auf dem Boden ließ nach. Das laute Dröhnen in Lilians Kopf wich einem Rauschen. Mein Gott, ein übler Gestank ließ sie würgen und als sich vor ihren Augen endlich der Schleier der Benommenheit lichtete, blieb ihr fast das Herz stehen. Etwa zwanzig Meter entfernt am Waldrand stand eine riesige Bestie. An den gewaltigen Pranken hafteten scharfe Krallen und an dem Kopf, der viel zu klein für diesen Körper zu sein schien, heftete ein furchterregendes Gebiss. Speichel tropfte aus den Mundwinkeln des Ungetüms. Lilian nahm einen tiefen Atemzug und wollte schreien. Doch aus ihrer Kehle entrang nur ein rauer, erstickter Laut. Da plötzlich nahm sie einen Schatten neben sich wahr. Nodin auf Wolke war neben sie getreten. Das Pferd schnaufte heftig von dem schnellen Ritt und trippelte ungeduldig hin und zurück. Da gesellte sich auch Nashoba knurrend zu ihnen. Zähnefletschend nahm der Hund eine Angriffshaltung vor Lilian ein. Durch das wurde der Frau die Sicht zu dem Ungeheuer genommen. Die melodiöse Stimme Nodins drang an ihr Ohr. Er redete in einer anderen Sprache und sie verstand nicht, was er sagte, doch hörten sich seine Worte beruhigend, sogar sehr freundlich an. Als Lilian den Kopf hob und an dem Pferd emporschaute, das nun nur noch leicht zitterte, sonst aber ganz reglos dastand, sah sie, wie Nodin seine Arme zum Himmel streckte und langsame kreisende Bewegungen vollführte. Dazu sprach er weiter sanft und melodiös, als würde er singen. Das Ganze wirkte wie ein indianisches Ritual und die Angst, die Lilian so beherrscht hatte, wich mit dem Wind, der wie ein Sog um sie wirbelte. Nashoba stellte sein Knurren ein und ließ sein Hinterteil gelassen ins Gras fallen. Sie schloss die Augen und wusste nicht, wie viel Zeit vergangen war, als Nodin neben ihr niederkniete, sie nach Knochenbrüchen abtastete und sie dann einfach hochhob und auf Wolke in den Sattel setzte. Dann stieg auch er auf. Mit einem leichten Wadendruck gab er dem Pferd den Befehl, sich fortzubewegen. Lilian hielt den starken, warmen Körper Nodins fest umklammert. Ihr Kopf lag schwer an seinem Rücken. Sein Duft gab ihr Geborgenheit und sie hörte seine beruhigende Stimme: „Es ist alles gut, Atsila. Wir werden zu mir reiten. Es ist näher als bis zur Ranch." Mehr sagte er nicht.

Beim Haus angekommen, hob er Lilian vom Pferd und trug sie hinein, wo er sie sanft auf das Sofa legte. Dann kochte er Tee und ließ die erschöpfte Frau ein wenig zur Ruhe kommen, während er das Feuer in dem Kamin entfachte. Das leise Knistern und Knacken der brennenden Holzstücke ließ Lilian eindösen. Nodin nahm die Gelegenheit wahr, um auf der Veranda zu telefonieren. Sein Vater war mit Mel zur Baufirma gefahren, um sich mit den neuen Plänen auseinanderzusetzen. Der Bauführer musste dringend noch mehr Material bestellen. Die Kosten würden dadurch steigen und die Zeitplanung sich verzögern. Nodin war froh, dass Mel seinen Vater dabei unterstützte. Die Arbeit mit den Pferden und die anfallenden Renovierungen der Ställe und Koppeln gaben ihm und Ronj genug zu tun. Für den Winter musste genug Hafer, Heu und Stroh bereitstehen. Die Sättel und Zaumzeuge mussten repariert und geölt werden. Nodin atmete enttäuscht aus, als Sams Anrufbeantworter ansprang. Sofort wählte er die

Nummer seiner Mutter. Aiana war bestürzt über den Vorfall und fragte umgehend nach Lilians Wohlbefinden. Dann versprach sie, Ronj zu informieren, dass er den ausgerissenen Wallach bei seiner Ankunft umgehend absattle und in die Box führe. Da sie bei Lakota zu Besuch waren, versprach ihm seine Schwester, in etwa einer Stunde für eine Untersuchung vorbeizukommen, um sicherzugehen, dass Lilian keine inneren Verletzungen erlitten habe. Nodin ging beruhigt wieder ins Wohnzimmer, wo er sich neben die Schlafende setzte und selber eine Tasse Tee trank. Wie gerne hätte er diese zarte pfirsichfarbene Haut gestreichelt, aber er wollte sie nicht aufwecken. Nodin war bemüht, die Kratzer auf der Haut und die halb zerrissenen schmutzigen Kleider zu ignorieren, doch es gelang ihm nicht. Erzürnt über sich selbst, quälten ihn die Umstände des Unfalls. Weshalb hatte er die drohende Gefahr nicht verhindern können? Beinahe hätte er mit seiner Unachtsamkeit Atsila verloren. Sein sonst so natürlicher Instinkt hatte ihn heute im Stich gelassen. In seinem Blut floss eine angeborene Magie, ein Geschenk, das ihm von seinen Ahnen vermacht worden war, und die auch er eines Tages an seine Kinder weitergeben würde, durch diese Frau, die so schön und rein vor ihm lag. Würde sie ihm dieses Missgeschick heute vergeben?

Lilians Lider flatterten leicht, und noch bevor sie die Augen ganz aufgeschlagen hatte, spürte sie Nodins Nähe. Sie lächelte, als sie in sein liebliches Antlitz schaute. Die Sonne hüllte seine Gestalt in ein wundersames Licht und Lilian glaubte zu träumen. Nachdem sich ihre Sicht der Realität angepasst hatte, musste sie Nodin eine Frage stellen. Lilian rieb sich die vom Schlaf benommenen Augen und fragte flüsternd: „Was ist geschehen?"

Nodin strich ihr sanft über die Hand, hob sie an seine Lippen und hauchte ein Kuss darauf. „Jemand aus dem Logan Resort hat auf einen Bären geschossen. Zum Glück hat derjenige das Tier verfehlt. Das wiederum hat dein Pferd erschreckt und es ist mit dir durchgegangen. Dabei bist du abgeworfen worden."

„Ja, daran kann ich mich vage erinnern, aber auf der Wiese, was ist dort passiert? Du hast mit dem wütenden Bären gesprochen und ich weiß, dass ich das nicht geträumt habe."

Seine schokobraunen Augen wurden noch dunkler und als Nodin sprach, wusste er, dass Lilian seine Seele erkannt hatte: „Der Bär rannte um sein Leben und traf auf seiner Flucht auf dein aufgebrachtes Pferd, dass dich vor Angst abgeworfen hatte. Wenn ein Raubtier in die Enge getrieben wird, kann es sehr gefährlich werden. Ich habe das Tier nur beruhigt."

Lilian schaute ihn an und ihre grünen unergründlichen Augen, von dichten, rotbraun schimmernden Wimpern umgeben, wurden ganz verträumt. Sie fasste nach seiner Hand und hielt sie an ihre Wange, während sie ihm wortwörtlich erzählte, was er zu dem Tier gesagt hatte: „Nodin, der Sohn des Windes, und Atsila, die Tochter des Feuers, werden dir nichts tun. Wir sind nicht schuld an dem Bösen, dass man dir antun wollte. Zieh in Frieden deines Weges. Wir werden für die Gerechtigkeit eintreten. Fürchte dich nicht."

Nodin lächelte über sein ganzes Gesicht und seine Augen glänzten feucht vor Freude. „Ich habe gewusst, irgendwann wirst du mich verstehen und wieder zu dir finden." Behutsam nahm er sie in die Arme und bevor er sie küsste, flüsterte er: „Atsila Nayeli."

Lilian verstand auch diese Worte, die seine Liebe zu ihr bekundeten. Sie legte ihren Kopf an seine muskulöse Brust und wusste, ihre Seele war endlich heimgekehrt. Als sich ein Fahrzeug näherte, lösten sich die beiden langsam voneinander. Lilian versprach Nodin später, wenn sie wieder allein waren, ihm ein Geheimnis anzuvertrauen.

Kapitel 3

Mit großen Schritten nahm Lakota die wenigen Stufen auf die Veranda und trat ohne zu klopfen ein. Sie spürte das helle, warme Licht und den leichten Windhauch, der sich im Haus verströmte, bevor sie das Wohnzimmer betrat. Ihr Herz voller Liebe für Atsila und Nodin war zum Bersten voll und als sie den Raum betrat, leuchtete um ihre Gestalt ein rosafarbener Schein, der sich bei ihren Worten langsam verflüchtigte und zuletzt ganz verblasste.

„Liebe Atsila, wie geht es dir?" Ihre berührenden Hände waren wie Balsam für die schmerzenden Stellen an ihrem Körper.

„Außer ein paar blauen Flecken und leichten Schrammen habe ich Glück gehabt, da Nodin ein solch wahrer Tierflüsterer ist und mir das Leben gerettet hat."

Lakota schenkte ihrem Bruder einen liebevollen, wissenden Blick. Sie waren als Geschwister aufgewachsen und ihre angeborenen Fähigkeiten waren nie ein Geheimnis zwischen ihnen gewesen. „Lass mich dich anschauen und du, Nodin, lässt ein Bad für Atsila einlaufen." Lakota streckte ihm einen Beutel entgegen. „Der wird ihr helfen, die Quetschungen und Prellungen zu mindern."

Mit ihren heilenden Händen überflog Lakota jede Stelle, die in Mitleidenschaft gezogen worden war. Die Berührungen waren kühl und warm zugleich. Sie hinterließen ein merkwürdiges Kribbeln auf Lilians Haut. Bevor sie sich verabschiedete, hüllte Lakota sie in eine Decke und nahm aus ihrer Stofftasche eine Salbe. „Nach dem Bad sollte man sie großzügig auf die

Wunden und Risse auftragen. Ich lasse Nodin noch einen Kräutertee da, der von innen heraus heilt und dir ein wenig die Schmerzen lindert."

Lilian bedankte sich mit einem liebevollen Händedruck und ging ins Badezimmer, wo sie sich in das wohlig warme Wasser gleiten ließ, welches eine goldbraune Farbe angenommen hatte und nach Baumrinde mit einem Hauch von Fenchel roch. Lakota verabschiedete sich von Nodin, gab ihm den Tee und lächelte wohlwissend. „Bleibt heute Nacht hier, denn auf der Ranch ist die Hölle los. Dad und Mel sind noch nicht zurück. Kathleen hat den Waffenschrank mit dem Code geöffnet, das Gewehr von Sam genommen und ist mit Mutters Wagen fortgerast, so dass die Kieselsteine nur so auf die Seite geflogen sind. Sie ist auf dem Weg zu Gillian Logan."

Nodin zog die Augenbrauen in die Höhe und verzog seine Lippen zu einem schmalen Strich. Man wusste, dass Kathleen und Gillian Logan nicht gut aufeinander zu sprechen waren. Was vor fünfundzwanzig Jahren zwischen den beiden passiert war, war noch heute ein totgeschwiegenes Geheimnis, das nur wenige Leute kennen. Dazu gehörten Sam und Aiana.

„Mutter hofft, dass es keine Verletzte geben wird. Also ich gehe lieber und stehe für alle Fälle zum Helfen bereit." Sie küsste Nodin auf die Stirne und flüsterte leise: „Ich freue mich für euch." Mehr Worte waren nicht nötig.

Als Lilian aus der Wanne stieg, musste sie mit einem übergroßen Bademantel vorliebnehmen, da Nodin ihre Kleider in die Waschmaschine gesteckt hatte. Ein würziger Geruch stieg ihr in die Nase und ließ ihren Magen grummeln.

In der Küche stand Nodin am Herd und der Tisch war gedeckt. „Setz dich hin. Ich bin gleich so weit." Dies sagte er, ohne sich umzudrehen, und rührte mit der Holzkelle nochmals den Eintopf, bevor er mit einer großen Schöpfkelle das Gemüse mit dem Sud in zwei kleine Schüsseln verteilte. Dann stellte er das Essen neben einem Laib Brot auf den Tisch.

Das Gesicht von Lilian war vom warmen Bad noch leicht gerötet und die feuchten Haare, die sich um ihr Gesicht kringelten, gaben ihr ein jugendliches Aussehen. „Ich habe deinen Bademantel angezogen. Ich hoffe, es stört dich nicht."

Nodin lächelte und setzte sich ihr gegenüber. „Wenn du lieber etwas Leichteres anziehen möchtest, gebe ich dir nach dem Essen ein Hemd von mir. Deine Kleider werden in etwa einer Stunde trocken sein."

Lilian kostete den Eintopf und genoss die Wärme, die er in ihrem Bauch verströmte. „Ja, das wäre nett von dir." Verlegen schaute sie ihn an und fügte hinzu: „Das Essen schmeckt köstlich."

„Das hier und ein gutes Frühstück ist das Einzige, was ich kochen kann. Ansonsten kann man mich in der Küche nicht gebrauchen."

Lilian lachte hell auf und erwiderte: „Dafür besitzt du andere gute Eigenschaften, die nicht jedem zur Verfügung stehen."

Dieses Mal war es Nodin, der leicht errötete. Seine dunkle Haut wurde dabei etwas intensiver. Als Lilian sich ein langes Hemd angezogen hatte, das ihr bis fast zu den Knien reichte, und es mit einem Lederband an der Taille festband, hatte Nodin schon den Abwasch getätigt und die Küche aufgeräumt. Dieser Mann war effizient und sehr ordentlich, bemerkte Lilian. Mit einer Tasse Kräutertee von Lakota setzten sie sich ins Wohnzimmer, wo eine große Fensterfront die Sicht auf die untergehende Sonne freigab. Lilian sah Nodins Blick auf ihren langen, schlanken Beinen ruhen und dabei spürte sie den leichten Windhauch, der ihre nackte Haut streichelte. Ein Frösteln durchfuhr ihren Körper und ließ sie leicht erzittern.

„Frierst du?" Noch bevor Lilian antworten konnte, war Nodin aufgestanden und hatte ihr eine bunte gewobene Decke gebracht, mit der er sie umhüllte. Seine Berührungen durchzuckten Lilian wie kleine Blitze und erhöhten ihren Puls, der regelrecht zu rasen begann. Dieser Mann hatte ein ungeheures Kraftfeld in und um sich. Die Ruhe und Gelassenheit, die Nodin ausstrahlte, hatten sie von Anfang an in den Bann gezogen. Nun setzte er sich neben sie auf das Sofa. Lilian hatte die Beine angezogen und nippte am Tee, der dasselbe Aroma hatte wie das Badewasser, nämlich Rinde und Fenchel. Nodin legte ihr den Arm um die Schultern, und Lilian legte ihren Kopf an seine breite, harte Brust, als wäre es das Selbstverständlichste auf der Welt.

„Du wolltest mir etwas erzählen", sagte Nodin nach einer Weile und wartete geduldig, bis Lilian ihre Tasse auf den geschnitzten niedrigen Holztisch gestellt hatte. Dann kuschelte sie sich erneut an seine Seite. Nodin zog sie noch enger an sich und roch an ihren seidigen Haaren. Es war herrlich, sich so geborgen zu fühlen, und Lilian offenbarte zum ersten Mal ihr Geheimnis, das sie bisher nur mit ihrer Großmutter geteilt hatte: „Ich spürte schon als Kind, dass ich anders war. Am liebsten spielte ich allein oder half meiner Großmutter im Garten, denn wenn ich mit den Pflanzen und den Tieren sprach, sahen mich alle so komisch an und flüsterten hinter meinem Rücken. Eines Tages, als ich mich draußen von den Lebewesen entzücken ließ und spürte, wie harmonisch ich mit der Natur verschmolz, kam meine Großmutter zu mir. Sie strich mir zärtlich über das Haar und sprach: ‚Du besitzt eine besondere Gabe, doch schütze dich vor den Menschen, die nicht sehen und fühlen können wie du, denn sie können dein Herz mit ihrer Unwissenheit verletzen und dir sehr weh tun.' Von diesem Tag an hielt ich meine Fähigkeiten verdeckt. Als ich nach Boston kam, war ich sehr niedergeschlagen und traurig. Mir fehlten die Natur und die Zurückgezogenheit. Mit der Zeit wechselten meine Gefühle von Trauer zu Wut. Ich strafte mich selbst, indem ich mir die angeborenen Gefühle, die Verbundenheit zur Natur verweigerte. Die Stadt Boston mit der Unruhe, den gestressten vielen Menschen machten mich mit den Jahren krank. Deshalb entschloss ich mich, aufs Land zu ziehen, und ließ mich nach Montana führen."

Nodin küsste Lilian sanft auf die Schläfe und murmelte dabei: „Atsila, ich wusste schon mein ganzes Leben, dass du zu mir finden wirst. Nur der Zeitpunkt wurde mir vorenthalten."

„Nodin, du bist der geduldigste Mensch, der mir je begegnet ist, und seit heute weiß ich, dass ich dich mein ganzes Leben lang lieben werde."

Mit den Zärtlichkeiten, die sie austauschten, verschmolzen ihre Seelen und ihre Körper zu gleichen Teilen in einer Einigkeit, die nicht aus dieser Welt stammte.

Nimm dir ein Beispiel an der Natur selbst,
an der von Menschen verwundeten und
verwüsteten. Sie ist das Herz deines
eigenen Herzens.

Indianische Weisheit

Die Sehnsucht der Menschen sind Pfeile
aus Licht, sie können Träume erkunden,
das Land der Seelen besuchen,
Krankheiten heilen, Angst verscheuchen
und Sonnenstrahlen erschaffen.

Indianische Weisheit

Lakota fuhr in Gedanken versunken zum Haus ihrer Eltern, wo sie ihre Mutter im Garten vorfand. Wenn Aiana mit den Gefühlen haderte, zog sie sich in den Garten zurück und arbeitete, bis ihr Gemütszustand zur Ruhe gekommen war und sie sich wieder im Einklang mit der Natur befand. Lakota legte ihr die Hand auf die Schulter und sprach auf Indianisch: „Mutter, komm ins Haus. Wir machen uns einen Tee und verbinden uns in Gedanken mit unseren Freunden, die zurzeit Hilfe benötigen."

Aiana drückte dankbar die Hand ihrer Tochter und versuchte zu lächeln. Als sie gemeinsam im Wohnzimmer saßen, Tee tranken und der brennende Kamin seine wohlige Atmosphäre verströmte, sprach Aiana endlich und in ihrer Stimme war Sorge zu erkennen: „Sam und Mel sind auf dem Weg zu Gillian Logan. Ich hoffe, sie können dort das Schlimmste verhindern. Seit fünfundzwanzig Jahren wartet Kathleen auf die Gelegenheit, sich mit Gillian zu duellieren."

„Was ist denn zwischen den beiden vorgefallen?" Diese Frage stand wie ein dunkler Schatten im Raum.

Aiana seufzte und antwortete mit Bedacht: „Das ist eine Sache, die nur Gillian und Kathleen etwas angeht."

Lakota gab sich nicht so leicht geschlagen und hakte nach: „Können wir nichts dagegen tun?"

Aiana gab ein weises indianisches Sprichwort von sich: „Der Mensch hat das Netz des Lebens nicht gewebt, er ist nur ein

Strang dieses Netzes. Was immer er dem Netz antut, tut er sich selbst an."

Beide Frauen verfielen in Schweigen. Plötzlich wurde die Türe aufgerissen und Citlali kam hereingestürzt: „Sie kommen, Kathleen fährt mit Sam, und Mel bringt dein Auto zurück. Noch nie habe ich Kathleen so aufgebracht gesehen."

Aiana schloss das junge Mädchen in ihre Arme und beruhigte sie: „Diese Frau besitzt ein Temperament und ist genauso gefährlich wie ein Pumaweibchen, das ihre Jungen verteidigt. Es wird alles gut werden. Kathleen muss sich zuerst wieder sammeln, bevor sie uns unter die Augen treten kann. Geh zu Ronj und hilf ihm beim Füttern der Pferde."

Citlali zog sich diskret zurück.

Die Haustüre wurde geöffnet und wieder geschlossen. Schritte hallten den Korridor entlang. Dann hörte man entfernte Stimmen, die zuerst aufgebracht klangen und dann in ein Murmeln übergingen. Einige Minuten später schritt jemand die Treppe hinauf und eine weitere Türe wurde etwas unsanft geschlossen. Sam trat mit Mel ins Wohnzimmer, nahm seine Frau in den Arm und flüsterte ihr etwas ins Ohr. Auf seiner Stirne lag eine Furche und seine Gesichtszüge wirkten angespannt. Aiana küsste ihren Mann sanft und strich ihm beruhigend mit der Handfläche über die Wange, bevor sie den Raum verließ. Sam schenkte sich einen Whisky ein und trank das Glas in einem Zug leer. Dann murmelte er eine Entschuldigung, und wenig später hörte man die schwere Eichentüre der Bibliothek ins Schloss fallen.

Mel, der sich in der Zwischenzeit auch einen Drink gemixt hatte, setzte sich schwerfällig in den großen stoffbezogenen Lehnsessel. Auch auf seinen Gesichtszügen lag ein ernster

Ausdruck, als er schweigend an seinem Getränk nippte. Das leichte Klirren der Teetasse, die Lakota auf den Untersetzer stellte, ließ ihn aufblicken. Er nahm erst jetzt zur Kenntnis, dass er nicht allein im Wohnzimmer saß. Es war lange her, seit Lakota und Mel zu zweit zusammengesessen hatten. Meist achteten sie peinlich genau darauf, wenn möglich eben nicht in diese Situation zu geraten. Denn allzu gut konnte sich Mel an das erinnern, was ihm mit achtzehn Jahren widerfahren war. Lakota war zwei Jahre jünger als er gewesen und unsterblich in ihn verliebt. Dies gestand sie, nachdem er sich zu einem Kuss hatte hinreißen lassen, den er nie mehr hatte vergessen können. Als würde Lakota denselben Gedanken nachhängen, sah man einen Augenblick ihre schönen dunklen Augen aufleuchten. Seit diesem Ereignis hatte Mel das strahlende Leuchten an ihr nicht mehr gesehen. Diese unglaubliche Liebe, die ihm dazumal fast den Verstand geraubt hatte, schien ihn noch heute gefangen zu nehmen.

Er räusperte sich, strich sich nervös mit der Hand über die Haare, um wieder klare Gedanken zu fassen. Seine Stimme war rau, als er zu sprechen begann: „Das war ein gefährliches Unterfangen mit Kathleen und Gillian. Dad hat die Situation ziemlich aufgewühlt und es hat ihm sehr viel Kraft geraubt. Beinahe hätte er die Fassung verloren. Weiß Gott, was geschehen wäre, wenn wir nicht eingegriffen hätten."

Lakota nahm einen weiteren Schluck aus ihrer Tasse und fragte sorgenvoll: „Weißt du, weshalb sich Kathleen und Gillian nicht ausstehen können?"

„Es wurde vor vielen Jahren so einiges gemunkelt, aber was genau an den Gerüchten stimmt, weiß ich auch nicht. Ich war damals noch zu klein, habe auch nie gefragt und Dad hat nie darüber gesprochen." Mel war seinem Vater sehr ähnlich, wenn es um die Gefühle ging. Der junge Mann war zurückhaltend und sehr wortkarg.

„Und was wurde gemunkelt?"

Noch immer musterten ihn diese warmen rehbraunen Augen und Mel atmete einige Male geräuschvoll ein und aus, als würde ihm das Sprechen schwerfallen: „Man sagte, dass die beiden früher ein Liebespaar gewesen waren und der alte Logan sich gegen die Beziehung gestellt hätte."

Lakota schwieg, denn ihr einfühlsames Herz, das sich schmerzhaft zusammenzog, begann die furchtbaren Qualen der Vergangenheit zu erfühlen. Sie spürte Schmerz, Ungerechtigkeit, Missverständnis und unausgesprochenes Leid. Sie versuchte, sich mit aller Kraft unter Kontrolle zu bringen und keine Gefühlsregung dabei zu zeigen. Etwas, was Lakota sehr gut beherrschen konnte, war ihre Körpersprache. Ihr Wesen, normalerweise sehr ausgeglichen, umklammerte nun mit ihren schlanken Fingern krampfhaft die Teetasse. Das Knistern des Feuers ertönte plötzlich schrecklich laut und hallte in der Stille des Raumes wider.

Nach einem längeren Schweigen hatte sich Lakota wieder gefasst und entgegnete mit ruhiger Stimme: „Wir Indianer sagen: Wenn jemand ein Problem erkannt hat und nichts zur Lösung beiträgt, ist er selbst ein Teil des Problems." Nach diesen Worten stand sie langsam auf und verließ leise das Wohnzimmer.

Zurück blieb Mel und grübelte über ihre Worte nach. Wen hatte sie damit gemeint? Irgendetwas wühlte ihn bis ins Innerste auf. Er nahm das Ganze viel zu persönlich, sagte er sich, trank sein Glas leer und flüchtete in sein Zimmer, das sich am Ende des ersten Stockwerkes befand. So aufgewühlt seine

Seele momentan war, half ihm nur noch ein entspannendes Bad. Doch auch danach kehrte seine innere Ruhe nicht zurück. Der Körper zeigte Ermüdungserscheinungen und sein Geist war komplett aufgedreht. So unendlich vieles ging ihm durch den Kopf, dass er die herannahenden Kopfschmerzen spüren konnte. Unruhig wälzte er sich im Bett herum und fand erst spät gegen den Morgen endlich ein wenig Schlaf.

Auch Lakota versuchte krampfhaft ihre innere Ruhe zu erlangen. Sie wollte die Familie diese Nacht nicht verlassen. Vielleicht brauchte man ja ihre Unterstützung. Nachdem sie mehr als eine Stunde im Schneidersitz auf dem großen Bett ihres alten Kinderzimmers versucht hatte, ihr inneres Gleichgewicht zu erlangen, fand ihre Seele endlich den ersehnten Frieden und sie legte sich schlafen. Gegen den frühen Morgen jedoch erwachte sie aus einem schrecklichen Traum. Ihr inneres Auge zeigte ihr den Mann, mit dem sie sich schon seit ihrer Kindheit in der Seele verbunden gefühlt hatte. Mel schien so blass, dass seine Haut beinahe transparent wirkte. Seine Augen waren geschlossen, als wäre das Leben aus seinem Körper gehaucht worden. Hilflos lag er da, von einer durchdringenden Dunkelheit umhüllt. Sein Herz, in tausend Stücke gespalten, war ausgeblutet und leer. Lakota kniete im Traum zu ihm nieder und umschloss sein aschfahles Gesicht mit beiden Händen. Bevor sie ihn küsste, murmelte sie: „Nayeli!"

Noch vom Schlaf benommen und den aufgewühlten Gefühlen irritiert, setzte sich Lakota auf. Ihr Traumfänger schwang wie ein Pendel hin und her und schlug rhythmisch an das Fenster. Draußen war es noch dunkel, doch ein orkanartiger Sturm hatte sich in der Nacht zusammengebraut und fegte über die Weiten von Montana. Ihr war schrecklich kalt. Leise, um niemanden zu wecken, schlich sie ins Badezimmer, wo Aiana ihre Tochter wenig später im dampfenden Wasser vorfand. Ihre Mutter hatte schon immer ein Gespür gehabt, wenn etwas in der Luft lag.

„Hallo Micunksi, hat dich der Sturm auch aufgeweckt?" Sie strich ihrer Tochter über das nasse Haar und setzte sich auf den weißen Klodeckel. Bekleidet war sie mit einem blauen flauschigen Morgenmantel. Lakota kam sich vor wie in alten Tagen. Sie konnte sich ein zaghaftes Lächeln nicht verkneifen, schloss die Augen und begann ihren Traum zu erzählen. Aiana besaß die Fähigkeiten, Träume zu deuten. Sie hörte zu und sprach erst, als Lakota ihre Erzählung beendet hatte. „Mel arbeitet zu viel, das weiß jeder, der ihn kennt. Ich werde versuchen, zu ihm durchzudringen. Mach dir keine Sorgen, denn nicht umsonst hat dich dein Traumfänger vorgewarnt. Du musst in der Zukunft jederzeit bereit sein, um deine heilenden Kräfte, wenn nötig, gezielt einsetzen zu können." Sie hauchte ihrer Tochter einen sanften Kuss auf die Stirn.

„Danke", antwortete diese seufzend und tauchte in der runden Wanne unter. Das Wasser reinigte ihren Kopf und machte ihn frei von der erdrückenden Besorgnis.

Wenig später saßen die beiden Frauen beim Frühstück in der Küche. Auch Sam und Ronj gesellten sich zu ihnen. Sie füllten ihre Teller aus der Wärmeschublade mit Rührei und Speck, während Aiana ihnen Kaffee und Toast reichte. Die Atmosphäre war etwas gedämpft und das Frühstück wurde im Stillen genossen. Nachdem alle den täglichen Pflichten nachgegangen waren, räumte Aiana die Küche auf und fertigte in der großen Pfanne Nachschub für die Langschläfer an. Kathleen war die Erste, die sich zeigte. Ihre Augen, von dunklen Schatten gezeichnet, waren die typischen Anzeichen einer schlecht verbrachten Nacht. Aiana drückte ihr liebevoll die Hand und stellte ihr einen halbvollen Teller hin, dazu ein Glas frischen Orangensaft.

„Der Kaffee und der Toast kommen gleich", sprach sie freundlich zu ihrer Schwägerin, die unglücklich am Tisch saß, ihren Kopf auf die Hände gestützt.

„Danke, Aiana, was würde ich ohne dich nur machen." Ihre Stimme klang schwach und zittrig.

Am Abend zuvor, nach dem Intermezzo, war Aiana zu ihr ins Zimmer gegangen und Kathleen durfte sich an ihrer Schulter ausweinen. Die Erleichterung danach, aber auch die Leere, die sie erfüllte, war trostlos und beschämend. Vor fünf-undzwanzig Jahren hatte sie zum letzten Mal eine Träne wegen Gillian Logan vergossen. Danach floh sie aus Montana nach Texas und begann dort ein neues Leben. Für Kathleen war die Sache damals abgehakt, aber wie sie nun feststellen musste, war sie nie ganz aus ihrem Gedächtnis gestrichen worden. Der egozentrische Gillian Logan war heute mehr denn je seinem verstorbenen Vater im Wesen und auch im Äußerlichen sehr ähnlich. Nur ihr Bruder konnte sie gestern davon abhalten, sein attraktives Gesicht zu verunstalten. Seine dunklen Haare, an den Schläfen leicht ergraut, und sein gepflegter Bart gaben ihm mit seiner stattlichen Größe zusammen ein männliches Aussehen. Wenn man jedoch in die grünen ausdrucksvollen Augen sah, war man vollends verloren. Gerade diese arrogante, aufsässige Art hatte sie gestern zu einem Wutausbruch gebracht. Dazu kam sein selbstbewusstes, chauvinistisches Grinsen und sein überheblicher Tonfall, mit dem er sie willkommen geheißen hatte: „Kathleen, du beehrst mich mit deinem Besuch." Erneut begann ihr Blut zu kochen und ein grenzenloser Zorn braute sich wieder zusammen. Ihre Hände zitterten, als sie die Kaffeetasse zum Mund führte. Aiana legte ihr liebevoll die Hand auf die Schultern und beruhigte sie mit den Worten: „Betrachte die Welt nicht mehr voller Unruhe. Dann strahlt das Licht des Tages aus deinen Augen. Sie sind der Spiegel der Welt."

Kathleen legte ihre Hand, die nun nicht mehr zitterte, dankbar auf Aianas. Wie war es doch schön, eine Familie zu haben. In diesem Moment zerschmolz ihr Hass wie die Hagelkörner nach einem Gewitter, wenn der Sonnenstrahl den Boden von Neuem erwärmte. Der Gedanke, einen Ausritt zu machen, schien ihr eine gute Idee zu sein und dabei würde sie Lilian und Nodin einen Besuch abstatten.

Nodin und Lilian hatten sich die ganze Nacht geliebt. Immer und immer wieder gaben sie sich einander hin. Am frühen Morgen, bevor Nodin zur Arbeit musste, nahmen sie gemeinsam ein ausgiebiges Frühstück zu sich. Wolke, das Pferd, das die Nacht in der kleinen Scheune verbracht hatte, wurde gesattelt und von Nashoba begleitet winkte Nodin Atsila beim Abschied zu. Er versprach, Lilian am Mittag mit seinem Truck abzuholen. „Nimm ein Bad und ruhe dich aus." Dies waren seine letzten Worte. Für Lilian hatte sich die alte vergessene Welt wieder geöffnet. Ihr behütetes Geheimnis, das sie jahrelang verschlossen gehalten hatte, erstrahlte von Neuem und befreite ihre gefangene Seele. Eine unendliche Last war von ihr gefallen. Sie würde Nodin ewigen Dank schulden. Ihr Herz hatte sie ihm bereits geschenkt.

Nachdem Lilian ein Bad genossen und auf die Wunden und Blutergüsse vorsichtig Lakotas Salbe getupft hatte, humpelte sie in ihren etwas havarierten, aber sauberen Kleidern in die Küche, um Ordnung zu schaffen. Erstaunt, schon wieder

Hufgetrappel zu hören, schaute sie aus dem Fenster. Zuerst dachte sie, Nodin sei zurückgekommen, doch als sie Kathleen erkannte, die so klein wirkte auf dem riesigen rotbraunen Pferd, konnte sie ein Lächeln nicht zurückhalten. Sie bat die ältere Frau herein und gemeinsam tranken sie einen Kräutertee. Lilian, die über den gestrigen Vorfall sprach, hielt gewisse Aspekte aus der Erzählung zurück. Auf jeden Fall waren beide Frauen sichtlich erleichtert, dass sich doch noch alles zum Guten gewendet hatte. Kathleen verließ Lilian schon bald wieder, um noch ein wenig weiterzureiten. „Sei vorsichtig", mit diesen Worten winkte ihr Lilian nach. Wusste sie doch, wie schnell etwas Unerwartetes geschehen konnte.

Kapitel 5

Gillian Logan, einem knallharten Geschäftsmann und angesehenem Bürgermeister von Big Sky, sagte man nach, dass er skrupellos war, wenn es um sein Ansehen ging. Der gestrige Besuch ging ihm einfach nicht aus dem Kopf. Gillian saß in seinem teuren Ledersessel seines imposanten Landhauses und grübelte im Büro, statt zu arbeiten, dem ungeheuerlichen demütigenden Vorfall von gestern nach, der ihm einfach nicht aus dem Kopf gehen wollte. Da platzte doch diese hinterhältige Kathleen wie eine Bombe erneut in sein ruhiges extravagantes Leben. Er schaute gerade die Jahresbilanz durch, als ein Gewehrschuss ihn aufhorchen ließ. Wenige Minuten darauf klopfte seine langjährige Haushälterin aufgebracht an die Türe und stammelte voller Entsetzen, dass draußen vor dem Haus eine Frau mit einem schussbereiten Gewehr stand und nach ihm verlangte. Als er aus dem Fenster sah, traute er zuerst seinen Augen nicht. Da stand doch wirklich Kathleen mit Jeans und Stiefeln bekleidet, das Gewehr im Anschlag, vor seinem Haus. Um Himmels willen, was war nur in diese Frau gefahren? Auch wenn es schon sehr lange her war, seit er seiner ersten Liebe begegnet war, musste er sich eingestehen, dass die Jahre an ihr spurlos vorbeigegangen waren. Kathleen war zu einer schönen Frau herangereift. Auch ihr zügelloses Temperament war ihr nicht abhandengekommen. Langsam trat er hinter dem Vorhang zurück und schritt bedächtig an den Waffenschrank, wo er sein Gewehr herausnahm, es jedoch nicht mit Munition auflud. Es war eher eine symbolische Geste, denn als er auf die Veranda trat, um Kathleen zu begrüßen, hielt er den Lauf auf den Boden. Jedermann wusste, dass er ein sehr guter Schütze war und sein Ziel bisher nie verfehlt hatte.

„Kathleen, du beehrst mich mit deinem Besuch!"

Seine Worte ließen Kathleen aufbrausen und Wut zeigte sich auf ihrem Gesicht. Ohne seine Begrüßung zu erwidern, kam sie näher. Auch sie senkte ihren Gewehrlauf und rief verärgert: „Gillian Logan, du bist und bleibst ein aufgeblasener, egoistischer Gockel. Du weißt genau, dass es verboten ist, auf Bären zu schießen. Auch wenn du dich Bürgermeister nennst und diese reichen, kranken Wilderer beherbergst. Die Leute haben doch keine Ahnung vom Schießen und besitzen kein Gespür für die Natur mit den einheimischen Wildtieren in unserer Umgebung. Es gibt dir nicht das Recht, andere Leute mit deinem Tun zu gefährden."

Kathleen wollte gerade weiterreden, als Gillian seine tiefe Stimme erhob und sie mit zusammengepressten Augen, die nun auch Funken sprühten, unterbrach: „Hör mal, Kathleen Morena Gardener. Du hast kein Recht, so mit mir zu sprechen. Erstens, was machst du hier in Montana? Du gehörst nach Texas, wo du dir ein neues Leben aufgebaut hast, und überhaupt, meine Gäste schießen keine großen Wildtiere außer Hirsche, aber nur bei der Jagdsaison, die erst noch kommt. Hüte deine Zunge, du hinterhältiges Weibsbild."

Kathleen bekam vor Ärger kaum noch Luft und ihre sonst so temperierte Stimme stieg gerade um eine Oktave. Ein dumpfer Schrei entrang sich ihren zusammengepressten Lippen und sie fuchtelte wie wild mit ihrer freien Hand in der Luft herum. „Wir werden uns duellieren und zwar gleich hier auf der Stelle."

„Bist du von allen guten Geistern verlassen, Kathleen?" Gillian schüttelte entrüstet den Kopf. „Geh nach Hause und lass dir eins gesagt sein: Ich bin kein Mörder und schieße nicht auf eine wehrlose Frau."

Kathleen prustete los: „Jetzt bist du noch ein Hinterwäldler geworden, der nichts von der Gleichberechtigung hält. Nimm dich in Acht. Ich kann genauso gut schießen wie du."

Die beiden Streithähne waren sich während des Wortwechsels immer näher gekommen und standen sich nun von Angesicht zu Angesicht gegenüber. In diesem Augenblick raste ein Fahrzeug heran und hielt mit quietschenden Reifen. Sam und Mel sprangen fast gleichzeitig aus dem Wagen und spurteten auf die beiden los. Sam ergriff seine Schwester und riss sie von dem verdutzten Gillian los, der gerade eine schallende Ohrfeige bekommen hatte. Sam schleifte die zappelnde und sträubende Kathleen mit sich zum Wagen.

„Das war schon Jahre überfällig, du betrügerischer Bastard", schrie sie wutentbrannt Gillian über die Schulter zu, bevor sie in das Fahrzeug verfrachtet wurde und Sam ihr den Sicherheitsgurt anlegte.

„Wenn du es wagst, aus dem Fahrzeug zu steigen, Schwesterchen, werde ich dich vor Gillian übers Knie legen und dir den Hintern versohlen." Somit knallte Sam die Türe zu und verriegelte sie von außen, so dass seine Schwester nicht entfliehen konnte.

Dann wechselte er ein paar ernste entschuldigende Worte mit seinem Nachbarn, den er noch nie so aufgebracht erlebt hatte. Seine Wange zeigte einen roten Handabdruck, den der Bürgermeister in seiner Wut nicht einmal spürte. Es war die Beschämung, von einer Frau in aller Öffentlichkeit geschlagen zu werden, und die vielen Zuschauer, die sich angesammelt hatten, die Gillian gehörig auf die Nerven gingen. Nach dem kurzen Wortwechsel mit seinem Nachbarn flüchtete er so schnell wie möglich ins Innere des Hauses.

Heute, einen Tag darauf, saß er grübelnd an seinem Schreibtisch und arbeitete das ganze Szenario erneut durch. Am frühen Morgen bekam er noch einen Anruf von Sam Gardener, der ihm die Umstände mit dem Bären nüchtern und klar schilderte. Fast wäre Lilian Brook wegen dieser Nachlässigkeit tödlich verunfallt. Natürlich ging er als Bürgermeister und Resort-Besitzer sofort der Sache nach. Zu seinem Leidwesen fand er heraus, dass sein Sohn einen prominenten New Yorker Geschäftsmann auf die Jagd mitgenommen hatte. Die beiden sichteten den Bären, und bevor Lon seinen Gast auf das Verbot hinweisen konnte, hatte dieser schon geschossen und sein Ziel definitiv verfehlt. Diese Geschichte erzählte Lon Logan seinem Vater und natürlich dem Sheriff, der schon in Herrgottsfrühe an seiner Türe geklingelt hatte. Im Nachhinein war Gillian sich jedoch nicht ganz sicher, ob sich das wirklich genauso abgespielt hatte. Sein Sohn war ein verwöhnter, hinterlistiger Bengel, der genau wusste, wie man Geschäfte machte und den Leuten Geld abzockte. Als Besitzer des Resorts übernahm Gillian die Geldstrafe und verwarnte seinen Gast und natürlich auch Lon unter vier Augen in seinem Büro. Gillian dachte nach und entschied sich, am Nachmittag mit seinem Sohn den Nachbarn einen Besuch abzustatten, um mit einer Entschuldigung die Sache aus der Welt zu schaffen.

Ein monströser schwarzer SUV mit getönten Scheiben parkte vor dem Landhaus der Gardeners. Gillian und Lon, beides attraktive Männer, stiegen aus der glänzenden neuen Luxuskarosse und wurden von Sam höflich begrüßt. Es kam höchst selten vor, dass die beiden Nachbarn einander einen Besuch abstatteten, denn das Verhältnis zwischen den Familien war seit dem Vorfall vor fünfundzwanzig Jahren abrupt abgebrochen worden. Noch heute herrschte eine eisige Distanz und man vermied, das Thema Kathleen anzusprechen. Aiana, die an der Seite ihres Mannes auf der Veranda erschienen war, forderte die Gäste auf, einzutreten und bot ihnen Kaffee und Kuchen an. Die Stimmung war etwas angespannt. Der große Blumenstrauß, den Gillian im Arm hielt, war für Lilian Brook gedacht. Sie wollten sich persönlich nach ihrem gesundheitlichen Zustand erkundigen. Lon musste sich für den Vorfall entschuldigen, was ihn sehr genervt hatte, als der Vater das von ihm verlangte. Doch wenn Gillian auf stur schaltete, kam auch Lon nicht gegen seinen Dickschädel an. Nur zu gerne hätte er diese Kathleen gesehen, die seinem Vater eine Szene gemacht hatte. Sam verlangte jedoch von seiner Schwester, sich in ihr Zimmer zurückzuziehen und verbot ihr, bei der Unterredung dabei zu sein. Mel hatte freundlicherweise angeboten, seiner Tante während dieser Zeit Gesellschaft zu leisten. Mit seiner diplomatischen Art brachte er es fertig, sie zu beruhigen und mit den geschäftlichen Plänen abzulenken.

Die ganze Familie außer Lakota, die zurzeit arbeitete, war im Wohnzimmer versammelt. Lilian bedankte sich zuvorkommend für die wunderschönen weißen Rosen und die rosa Lilien, die man ihr überreichte. Lon äußerte dazu eine steife Entschuldigung. Lilian und Nodin erklärten, dass ihnen das Glück hold gewesen und nichts Gravierendes passiert sei. Man setzte sich, wechselte ein paar höfliche Worte, was die Atmosphäre etwas löste. Sam schenkte den Männern zur Versöhnung einen Drink ein, womit er zeigte, dass auch für ihn die Sache erledigt war. Ronj und Lon, die dasselbe Alter besaßen, bevorzugten, einander von jeher aus dem Weg zu gehen. Citlali, die still am Rande saß, musterte Gillian Logan und auch wenn man ihm die Anspannung anmerkte, war sein Auftreten dennoch beeindruckend. Als ihre gelb gesprenkelten Augen seinen Sohn anblickten, der sein Interesse an ihr mit anerkennenden Blicken bekundete, wurde ihr plötzlich unwohl. Lon strahlte etwas Hinterlistiges und Gefährliches aus, das sie nicht richtig deuten konnte. Citlali entschuldigte sich bei den Gästen und zog sich in ihr Zimmer zurück, um dort über Kathleens geheimnisvolle Vergangenheit mit Gillian nachzugrübeln.

Um die Nachbarschaft im Guten zu pflegen, luden Sam und Aiana die Logans zum Erntedankfest ein. Auch wenn es für Kathleen noch so hart werden würde, blieb ihr nichts anderes übrig, als sich endlich ihrer Vergangenheit zu stellen. Mit der Beteiligung am Gardener Resort musste sie früher oder später eine friedliche Lösung mit dem Nachbarn und Bürgermeister Gillian Logan finden, ohne ihm bei jeder Gelegenheit die Leviten zu lesen. Den Entscheid, nach dem Tod ihres Gatten nach Montana zurückzukehren, konnte sie nicht wieder rückgängig machen. „Vielleicht kommen die zwei hartgesottenen Krieger doch noch zur Vernunft", erklärte Aiana ihrem Gatten voller Zuversicht, nachdem die Logans sich verabschiedet hatten.

Am Abend kam Lakota schnell auf einen Sprung vorbei, um nach Kathleen und Lilian zu sehen. Natürlich wurde ihr von Susuma ein vollwertiges Abendessen vorgesetzt, das sie dankend annahm. Bei dem hektischen Tag hatte Lakota kaum Zeit gefunden etwas zu essen. Auf der Krankenstation benötigte man dringend Personal und so half die Ärztin nebenbei noch aus. Ihre zusätzliche Ausbildung für Alternativmedizin und ihren unermüdlichen Einsatz rechnete man ihr in der Klinik hoch an. Auch ihre Kenntnisse der indianischen Heilmethoden wurden in der Umgebung sehr geschätzt. Der kleine Kräuterladen, den sie besaß, deckte gerade die Eigenkosten. Aiana half ihr bei der Zubereitung, dem Verkauf und dem Versand. Citlali, der es bei der Familie Gardener sehr gut gefiel, anerbot sich überall mitzuhelfen, wo gerade Not am Mann sei.

Als Lakota sich verabschiedete, kam ihr Mel entgegen. Der Mann sah einfach nicht gut aus, musste sie sich eingestehen. Erschöpft strich er sich durch sein braunes Haar. Zu all dem Management für das Resort kamen noch die ständigen Anrufe aus Texas hinzu. Als er sein Wirtschaftsstudium beendet hatte, war er nach Texas in die Ölindustrie der Morenas gegangen, wo er immer noch Aktien besaß. Sein neuer Stellvertreter war auf seine Hilfe angewiesen und wegen eines anfallenden Problems musste er noch diese Woche für ein paar Tage nach Texas. Er hatte gerade den Flug gebucht, als er auf Lakota traf. Schweigend standen sie sich gegenüber. Außer ihnen war niemand im Korridor.

„Mel, du siehst nicht gut aus", flüsterte die Schamanin sorgenvoll. Es war nicht das erste Mal, dass sie ihn darauf hinwies. Sanft legte sie eine Hand an sein Herz und hielt ihn damit zurück, weiterzugehen. „Lebt der Mensch nicht mehr im Einklang mit seiner natürlichen und sozialen Umwelt, dann stört er die Harmonie und wird krank." Ein Bedauern lag in ihrem Ausdruck.

Mel ergriff ihr schlankes Handgelenk. Er wollte nicht, dass sie seinen erhöhten Herzschlag spürte. Denn es genügte ihm zu wissen, dass sie mehr als andere Menschen sehen konnte, und genau das war es, was ihn so beängstigte. Es war sehr lange her, seit sie sich so nahe gewesen waren. Ihre Wärme erfüllte ihn und ein Kribbeln auf der Haut ließ ihn erbeben. Für einige Minuten verlor Mel Zeit und Raum, dabei wurde ihm so leicht um sein Herz wie damals, als sie sich geküsst hatten. Was für ein Zauber wendete Lakota bei ihm an? Ärgerlich schob er nun ihre Hand fort und sah sofort die Traurigkeit in ihren dunklen Augen aufblitzen.

Als hätte sie seine Gedanken gelesen, trat sie einen Schritt zurück, kramte aus ihrer Tasche einen Beutel und drückte ihn Mel in die Hand. „Es ist Sonnenhut. Brühe dir jeden Tag eine Tasse davon auf. Es stärkt dein Abwehrsystem und hilft dir gegen den Stress. Deine Gesundheit liegt mir sehr am Herzen." Sie hauchte ihm einen Kuss auf die Wange und verließ schnell und leise das Haus. Noch eine Weile stand Mel wie erstarrt an derselben Stelle, starrte auf den Stoffbeutel und spürte die Hitze ihrer Lippen an seiner Wange, als hätte man ihn gebrandmarkt. Dann ging er in die Küche und brühte sich einen Tee auf.

Als Aiana im Bademantel in die Küche trat, sah sie Mel am Tisch sitzen, erschöpft und orientierungslos. Eine bedrückende Traurigkeit lag im Raum. Sanft strich sie dem Mann, den sie genauso liebte wie ihren eigenen Sohn, über das Haar und setzte sich zu ihm. Sie lehnte den Kopf an seine breiten Schultern und fragte: „Möchtest du darüber reden?"

Mels Stimme klang rau und kratzig, als er zu sprechen begann: „Glaubst du, dass jemand bis in deine Seele sehen kann?"

Aiana betrachtete die sorgenvollen Augen einen Moment schweigend und erwiderte: „Es gibt Menschen, die nennt man Seher, sie haben die Fähigkeit, andere zu heilen, aber nur mit dem Einverständnis des Kranken. Lakota kann das und sie möchte dir helfen. Du weißt, dass du viel zu viel arbeitest. Eine indianische Weisheit sagt: Menschen, die zu viel arbeiten, haben keine Zeit zum Träumen. Nur wer träumt, gelangt zur Weisheit."

Plötzlich funkelten Mels graubraune Augen auf und er nahm Aianas Hand in seine: „Mutter, du hast recht. Aber da ist mehr. Wenn Lakota mich berührt, umhüllt mich ein Zauber und hält mich gefangen. Das jagt mir Angst ein."

Die Frau in ihr wusste genau, was mit ihm geschah, doch wie sollte sie ihm das erklären? Sanft drückte sie seine Hand und versuchte die richtigen Worte für sein Problem zu finden: „Ihr Zauber kann dich nur umhüllen, wenn du ihn in dein Herzen lässt. Es sind deine eigenen verborgenen Gefühle, die dich gefangen nehmen und beängstigen. Hast du auch schon daran gedacht, dass du vielleicht Lakota verzauberst? Du bist ein solch herzensguter, kluger Mann und attraktiv dazu." Sie lächelte verträumt, gab ihm einen Kuss auf die Stirne und ließ ihn zurück in seiner eigenen Gedankenwelt, die sich wie ein Puzzle mit endlosen Teilen langsam zusammenfügte. Aiana wusste, eines Tages wäre Mel bereit für seine Bestimmung und dann würde sein ruheloses Herz endlich Frieden finden.

Mel packte am nächsten Morgen seine Reisetasche und machte sich auf den Weg nach Bozeman, wo er das Flugzeug nach Texas bestieg. In der Nacht war ihm klar geworden, dass er die

Aktien der Ölfirma so schnell wie möglich verkaufen wollte. Er hatte sich entschieden, ganz aus der Firma auszusteigen und sich nur noch dem Projekt auf der Ranch zu widmen. Seinen ganzen Einsatz wollte Mel von jetzt an in den Aufbau des Resorts geben. Seit Langem fühlte er ein stickiges Gefühl beim Atmen, das sich nun deutlich verringert hatte. Mel schloss die Augen und legte sich eine stille Merkliste an, was er alles in den nächsten Tagen in die Wege leiten musste. Es war unendlich viel, doch da er nun wusste, was seine Zukunftspläne waren, fühlte sich das Ganze mehr wie eine Erleichterung an. Ein Lächeln zeigte sich auf seinem hübschen Gesicht und die Flugbegleiterin, die ihm etwas zu trinken anbot, lächelte aufreizend zurück. Unter anderen Umständen hätte er mit der hübschen Blondine geflirtet, doch plötzlich sah er das Gesicht von Lakota vor sich. Ihre braunen Augen strahlten so fest, dass sein Herz zu zerschmelzen drohte. Doch dann holte ihn eine fremde Frauenstimme wieder in die Realität zurück. Die Flugbegleiterin fragte, ob er noch einen Wunsch habe, und schaute ihn etwas verwirrt mit ihren blauen Augen an. Endlich nahm Mel ihr den warmen Teebecher ab und bedankte sich höflich. „Es ist alles in Ordnung", fügte der Geschäftsmann freundlich an und senkte den Blick.

Lakota verabschiedete sich gerade von einem älteren Patienten, als Aiana das Krankenhaus betrat. Sie begrüßte ihre Tochter mit einer kurzen Umarmung und bat die nächste Patientin um Entschuldigung: „Ich habe etwas Dringendes mit meiner Tochter zu besprechen. Es dauert nicht lange." Aiana zog Lakota sanft ins Untersuchungszimmer und schloss die Tür hinter sich. „Ich war vorhin bei den McQueens, um ein wenig sauber zu machen und Esswaren zu bringen. Es war niemand zu Hause und die Nachbarn eröffneten mir, dass Eric seine schwangere Frau in der Nacht ins Krankenhaus gefahren hat. Wurdest du nicht informiert?"

Lakota schüttelte verdutzt den Kopf und zwischen ihren schwarzen Augenbrauen bildete sich eine tiefe Sorgenfalte. Dann warf sie mit einer schwungvollen Geste den dicken Zopf auf den Rücken ihrer weißen knielangen Weste und meinte verärgert: „Eric ist ein solch starrköpfiger, klein denkender Mensch. Von Anfang an war er gegen mich und meine Heilmethoden. Da Janes verstorbene Großmutter eine halbe Blackfoot Indianerin war, wollte sie unbedingt, dass ich mich während der Schwangerschaft um sie kümmere. Eric hat immer nur an der armen Jane rumgenörgelt und ihr offen gesagt, dass meine Anwesenheit ihm missfällt. Das junge Ding ist deshalb so gestresst und hat verfrüht Wehen bekommen. Beinahe hatte sie am Wochenende ihr Kind verloren."

Lakota konnte sich gut an diesen Sonntag erinnern, als sie all ihre heilende Kraft und Geduld anwenden musste, Eric zu beruhigen, die weinende Jane zu trösten und die Wehen einzudämmen. Sie war stolz darauf gewesen, die Situation nach Stunden in den Griff bekommen zu haben und damit dem neuen Leben eine weitere Chance zu geben. „Es ist viel zu früh für die Geburt und der Mann ist eine echte Plage", meinte Lakota sorgenvoll. „Warum gibt es Menschen, die sich und anderen das Leben so schwer machen?" Ein Seufzer entrang tief aus ihrer Seele und sie fügte an: „Jede Krankheit, jeder Schmerz hat seinen Ursprung. Das ist der Preis, den man zahlen muss für eine Tat in der Vergangenheit oder aber in der Zukunft."

Auch wenn sie mit diesem Wissen geboren wurde, schmerzte sie der Gedanke, hilflos mit anzusehen, was Menschen sich, mit ihren umnebelten Seelen, antun konnten. Für die Indianer stand Harmonie schon immer im Mittelpunkt des Lebens. Sie gehörte zur Religion und war ein wichtiger Bestandteil der indianischen Medizin. Noch heute gab es viele Menschen, die das Ganze als schwarze Magie und Unsinn abtaten. Eric war nur einer dieser Kleingläubigen aus der Bevölkerung.

Aiana drückte ihre Tochter fest an sich und gab ihr somit ein wenig Kraft, sich wieder zu sammeln. „Ruf mich an, wenn du mehr weißt."

Nachdem Lakotas letzter Patient gegangen war, zündete sie Weihrauch an und säuberte den Raum von negativen Gedanken. Auch wenn sie außer dem Frühstück kaum etwas gegessen hatte, war sie nicht hungrig. Der Tee, den sie getrunken hatte, beruhigte ihre Seele und half ihr, die bevorstehende Konfrontation durchzustehen. Sie nahm die Treppe zum Gebärsaal, um sich ein wenig die Beine zu vertreten und auch, um Zeit zu gewinnen. Bevor sie die Abteilung betrat, atmete sie ein paar Mal tief durch und wagte sich in die Höhle des Löwen. Doktor Strasser, ein alter, wortkarger Mann, der die Pharmaindustrie unterstützte, leitete diese Abteilung. Für den Arzt war Lakota der Inbegriff einer Schwindlerin und ein Schandfleck in der Klinik. Da der leitende Direktor die alternative Medizin förderte, hatte sich Lakota mit der Zeit einen eigenständigen Platz gesichert und durfte ihre Patienten im ganzen Krankenhaus mitbegleiten und sogar pflegen, was eben gewissen Ärzten sehr missfiel. Bis jetzt konnte Lakota gut mit dieser Antipathie umgehen. Als sie nach Doktor Strasser verlangte, wurde sie sofort in sein Büro gebracht. Der ältere Mann mit Brille und grauen, etwas verstrubbelten Haaren war dreimal geschieden, brachte in seinem Beruf x-Kinder zur Welt, selbst hatte er jedoch nie welche gezeugt. Weiß Gott, warum.

Mit einer unwirschen Geste und einer gemurmelten Begrüßung wurde sie zum Sitzen aufgefordert. Nach einem Räuspern sprach der Arzt, ohne Lakota eines Blickes zu würdigen: „Wie Sie wissen, ist Mrs. McQueen in der Nacht notfallmäßig mit Wehen eingeliefert worden. Sie bekommt zurzeit wehenhemmende Medikamente. Ihr Mann hat uns erzählt, dass es nicht das erste Mal passiert ist. Am letzten Wochenende hätten Sie schon versucht, die Wehen einzudämmen. Weshalb ließen Sie die Frau nicht in die Klinik einweisen? Was war die Begründung für ihr Fehlverhalten?" Nun heftete sich sein überheblicher Blick abweisend auf sein Gegenüber.

Lakota verglich ihn im Moment mit einem Habicht, der sich gerade auf seine Beute stürzen wollte. Am liebsten hätte der grauhaarige Doktor „Habicht" sie mit Haut und Haaren verspeisen wollen. Eine frostige Atmosphäre erfüllte plötzlich den Raum. Graue Nebelgeister umzingelten Lakota gierig und versuchten ihr die Lebensenergie zu rauben. Sofort stieß sie von einer inneren Abwehr getrieben das Dunkle von sich, bis sie wieder befreit atmen konnte. Nach einem kurzen Schweigen erklärte sie mit einer kraftvollen, kühlen Stimme: „Mr. McQueen ist sehr ungeduldig und setzt seine Frau und das Kind einem großen Stress aus. Ich habe ihn vorgewarnt. Seine Frau sollte es in den nächsten Wochen ruhiger nehmen. Deshalb habe ich Mrs. McQueen Bettruhe verordnet."

Mit einem ironischen Lachen und einer wild gestikulierenden Handbewegung ließ Doktor Strasser Lakota verstummen. „Blödsinn! Heute haben wir festgestellt, dass das Kind an einem Herzfehler leidet und haben einen Eingriff vorgenommen. Sie sind eine absolut unfähige Kurpfuscherin und nicht zu gebrauchen. Ich werde mich beim Direktor über

Sie beschweren." Mit diesen Worten erhob er sich, öffnete Lakota die Türe und forderte sie unmissverständlich auf zu gehen.

Der angeborene indianische Stolz, der in ihren Adern floss, ließ die Schamanin ungerührt. Mit erhobenem Haupt verließ sie das Büro ihres Arbeitskollegen. Lakota wollte unbedingt ihre Patientin sehen, um einige einfühlende Worte mit ihr zu sprechen. Doch die Pflegefachfrau hinderte sie daran und gab ihr unmissverständlich zu verstehen, dass sie hier unerwünscht sei. Da der Direktor um diese Zeit nicht mehr in seinem Büro anzutreffen war, blieb ihr nichts anderes übrig, als nach Hause zu gehen. Citlali hatte den Laden geschlossen und eine Notiz auf dem Küchentisch hinterlassen mit den Worten, dass sie auch die morgige Ladenschicht übernehmen werde. Das war für Lakota an diesem Abend ein kleiner Lichtblick. So musste sie sich morgen um eine Sache weniger kümmern. Sie brauchte dringend ein Bad. Das dichte Haar auf dem Kopf zu einem Dutt hochgesteckt, lag Lakota im warmen Wasser und versuchte, sich zu entspannen. Ihre verkrampften Muskeln lösten sich allmählich, während der Geist ihr weise Worte zuflüsterte: „Der Tag geht zu Ende. Überdenke noch einmal, was dieser Tag dir an Sorgen gebracht hat. Ein paar davon behalte, die anderen wirf weg."

Gestärkt erwachte Lakota am nächsten Morgen. Der Himmel war bedeckt und Regen angesagt. Für die Natur, die nach Wasser lechzte, war es gut so, doch das Gemüt, von dem Grau niedergedrückt, sehnte sich nach der Sonne. Lakota meditierte, sang alte indianische Lieder und begab sich in die Klinik, wo sie bei der Sekretärin des Direktors um einen Termin bat. Da sie unangemeldet erschien, musste sie sich eine Stunde gedulden, bevor man sie vorsprechen ließ. Lakota war eine Person, die man nicht so schnell aus der Ruhe brachte. Innerlich blieb die Angespanntheit, die sie schon seit dem Erwachen spürte, denn sie wusste, dass sich diesmal größere Schwierigkeiten anbahnten, da gewisse Herren schon lange darauf warteten, ihr einen Fehler nachsagen zu können.

Der Direktor Mr. McCoulough begrüßte Lakota sehr freundlich und forderte sie auf, Platz zu nehmen. Im Gegensatz zu ihr hatte Doktor Strasser sich gestern schon privat mit ihm in Verbindung gesetzt und eine sofortige Entlassung von Doktor Lakota Gardener gefordert. „Ich konnte mich mit Doktor Strasser einigen, dass wir übermorgen ein Gremium einberufen und die ganze Sache untersuchen. Ich hoffe, Sie sind damit einverstanden. Sie wissen, dass ich hinter Ihrer Arbeit stehe und aufgeschlossen gegenüber der Alternativmedizin bin. Zusammen werden wir das Möglichste tun, um den Streitfall zu lösen."

Lakota bedankte sich für seine Unterstützung und erwiderte: „Natürlich werde ich vor dem Gremium Rede und Antwort stehen. Ich habe nichts zu verheimlichen und auch keine Fehler gemacht."

Mit einem freundlichen Händedruck und aufmunternden Worten verabschiedete sich Mr. McCoulough. Da Lakota heute keine Sprechstunden führte, verließ sie das Krankenhaus und fuhr nach Hause. Auf der Heimfahrt spürte sie eine Unruhe und folgte ihrer plötzlichen Eingebung, einen Ausritt zu unternehmen. Als sie den Laden durchquerte, war Citlali gerade mit zwei betuchten Frauen beschäftigt. Es waren Gäste aus dem Logan Resort und sie interessierten sich für indianische Heilkräuter. Ein paar Wortfetzten drangen an Lakotas Ohr und die Schamanin war froh, sich nicht persönlich um die Kunden kümmern zu müssen. Schnell schlüpfte Lakota in eine lederne Hose, Cowboy-Stiefel und eine dazu passende Jacke. Den Hut hielt sie in den Händen, als sie eilig mit einem kurzen Winken den Laden wieder verließ. Der besorgte Blick, den Citlali ihr zuwarf, bemerkten die beiden Damen nicht. Umgehend wurde die junge Mexikanerin wieder in Beschlag genommen. Die Frage nach einem Heilmittel für schmerzende Knochen lenkte Citlali von der Sorge um Lakota ab. Sie empfahl Schafgarbenwickel zu machen und verkaufte ihnen Fenchelholz- und Sonnenhut-Tee.

Im Stall angekommen, ging Lakota zu ihrer braun-weiß gescheckten Stute Owanyake, strich ihr zärtlich über die Nüstern und redete beim Striegeln in einem indianischen Singsang mit ihr.

Kaum hatte sie ihr Pferd aus dem Stall geführt, kam ihr Nodin mit Nashoba entgegen. „Hau Kola (Hallo Schwester). Es ist zu lange her, dass du dir Zeit für einen Ausritt genommen hast." Die Geschwister brauchten nicht viele Worte, um sich zu verständigen. Blicke genügten: „Nimm Nashoba mit und gib auf dich acht."

Lakota schwang sich auf den Rücken des Pferdes: „Huka, ich fürchte mich nicht." Sie trieb ihr Pferd an und pfiff dem Hund, der sich ihr in freudiger Erregung anschloss. Den großen Hut mit der Krempe auf dem Kopf schritt sie durch den Nieselregen, der sich feucht und träge aus den verhangenen Wolken entlud. Kaum hatte sie die offenen Weideflächen erreicht, drückte sie die Schenkel und schnalzte mit der Zunge, um Owanyake zu einem schnelleren Ritt anzuspornen. Lakota liebte es, ohne Sattel durch die unberührte Natur zu reiten. Die Freiheit, die sie dabei spürte, löste die Bürden, die auf ihren Schultern lasteten, und sie vergaß für einige Stunden die klein denkende Welt der Menschen. Sie füllte ihre Lungen mit jedem Atemzug und nahm die kühle Frische in sich auf. Tränen, die tief in ihr schlummerten, entluden sich mit dem sanften Regen und reinigten ihre Seele. Auch wenn ihr seit Jahren ein winziger Teil zur Vollkommenheit fehlte, war sie doch unbeschreiblich dankbar, die Heilkraft von ihren Vorfahren überliefert bekommen zu haben. Die Indianer glaubten an übernatürliche Kräfte, die Energie der höheren Macht, die sich überall in der Natur manifestierte.

Als Lakota auf dem Hügel angekommen war, wo man das kleine Tal überblicken konnte, streckte sie die Arme in die Höhe und ihre Worte verhallten in der unendlichen Weite des Universums wie ein Gesang: „Pila maye. Ich danke Dir." Erleichtert und in guter Laune kehrte sie einige Stunden später zurück. Bei den Stallungen traf sie Lilian, die ihrem Bruder half, die Pferde zu versorgen.

„Hallo Lakota, schön, dich zu sehen. Ich musste unbedingt für einige Stunden vom Computer flüchten und mich ein wenig bewegen", erklärte sie strahlend und schaute dabei Nodin an, der ihr zulächelte und ihr zärtlich den Arm entlangstrich.

Er umschloss ihre Hand und gestand: „Sie vertreibt mir mit ihrem Anblick die Zeit und ich kann dank ihrer Hilfe erst noch früher Feierabend machen."Lakota, die vor den beiden stand, bekam einen sinnlichen Ausdruck und ihre Lippen verzogen sich zu einem geheimnisvollen Lächeln. „Sag schon, Schwester", bemerkte Nodin zwinkernd, „was sieht dein inneres Auge, was wir noch nicht wissen?"

„Ich sehe ein kleines pulsierendes Licht in Atsila leuchten." Lakotas schön geschwungene Augenbrauen zogen sich wohlwissend in die Höhe und die dunklen Augen blitzten schelmisch.

„Und was soll das bedeuten?" Der fragende Blick von Lilian ruhte nicht mehr auf Lakota, sondern wandte sich langsam Nodin zu. Der Luftstrom, der sich verbreitet hatte, wirbelte den Staub am Boden auf, und Lilians vereinzelte Locken, die sich aus dem Haarband gelöst hatten, wehten tanzend um ihr Antlitz. „Sag schon, Nodin, ich sehe es in deinen Augen und dein verschmitztes Lächeln sagt mir, dass du genau weißt, wovon Lakota spricht." Noch bevor Nodin sie hochhob und sie atemlos küsste, formten sich Atsilas Lippen zu einem breiten Lächeln. „Wir haben ein Kind gezeugt, Nayeli." Jubilierend tanzten sie den langen Gang der Boxen entlang, dazu begleitete sie das Wiehern und Stampfen der Pferde und das freudige Lachen Lakotas.

Das Geheimnis wollten die zwei vorerst für sich behalten. Beim gemeinsamen Abendessen am Sonntag gedachten sie, die Familie mit der Neuigkeit zu überraschen. Dann würden sie ihre Hochzeit festlegen. Das Erntedankfest wäre ein schöner Anlass und würde eine besondere Feier nach sich ziehen.

Die Zusammenkunft am nächsten Tag mit dem Ärztegremium verlief für Lakota nicht gerade so, wie sie es sich vorgestellt hatte. Alles Männer, Skeptiker und voreingenommene aufgeblähte Gockel, wie Lakota sie im Stillen nannte, saßen ihr mit finsteren Gesichtern gegenüber. Der Direktor, Mr. McCoulough, der am Ende des Tisches thronte, versuchte verzweifelt, das Ganze unter Kontrolle zu halten. Schweißperlen glänzten auf seiner Stirn und etliche Male strich er sich nervös über die Haare, die ihm allmählich wirr vom Kopf standen. Mit Diplomatie und gezielten Einwänden gelang es ihm jedoch nicht, die Situation zu schlichten. Die Doktoren beschuldigten die junge Ärztin, ihren Beruf verfehlt zu haben. Sie kritisierten hauptsächlich Lakotas Heilmethoden an ihren Patienten. Auch Fälle, die weit zurücklagen, wurden aufgefrischt und heftig debattiert. Das Ganze glich eher einem widerwärtigen Angriff und wurde von den Gegnern regelrecht aufgebauscht. Am Schluss drehte man Lakota jedes einzelne Wort, das sie zur Verteidigung hervorbrachte, im Mund herum. Die Bagatellen und Verleumdungen brachten taktlose, schwerwiegende Äußerungen zu Tage, die Lakota in einer ruhigen, gelassenen Haltung über sich ergehen ließ. Fehlschläge und Kurpfuscherei wurden ihr an den Kopf geworfen und als sie sich dazu äußern wollte, wurde sie ständig unterbrochen.

Da konnte der Direktor seine sonst so guten Manieren nicht mehr beherrschen und brüllte verärgert in die Menge: „Um Himmels willen, lasst doch Frau Doktor Gardener endlich zu Worte kommen." Für einen Moment herrschte absolutes Schweigen in dem Saal. Niemand hatte McCoulough je außer Fassung gesehen.

Lakota nutzte die Gelegenheit und sprach mit ruhiger Stimme: „Meine Herren, zuerst möchte ich mich zum Fall McQueen äußern. Jane McQueen, eine zarte, sehr sensible Frau, wird schwanger. Sie hatte sehr jung geheiratet, da ihre Eltern früh gestorben waren. Jane und ihr Bruder haben in ihrer Kindheit sehr hart gearbeitet, konnten die Ranch jedoch nicht halten. Eric McQueen kaufte ihnen den Besitz, der in einem schlechten Zustand war, zu einem Spottpreis ab und heiratete zusätzlich die sehr junge Frau. Janes Leben war bisher nicht sehr erfreulich verlaufen und kurz nach der Eheschließung folgte eine Schwangerschaft. Die Freude auf das Kind gab ihre neue

Kraft. Ihr Mann Eric hingegen, ein Skeptiker, hätte mit dem Familienzuwachs lieber noch ein bisschen gewartet. Es missfiel ihm sehr, dass seine Frau ihm bei der Arbeit nicht mehr so unter die Arme greifen konnte. Vor allem in den letzten Wochen, da ich Mrs. McQueen Bettruhe verordnen musste. Das Ehepaar stritt sich deshalb andauernd. Meine Mutter und noch andere Frauen halfen freiwillig im Haushalt aus, brachten warme Mahlzeiten und versuchten, die junge Frau dazu zu bewegen, im Bett zu bleiben. Ich wusste, dass mit dem Kind etwas nicht in Ordnung war, aber schwieg, denn ich konnte der schwer gestressten Frau nicht noch mehr Unannehmlichkeiten zumuten. In meinem Glauben hat kein Mensch das Recht, ein Lebewesen zu töten. Wenn es stirbt, dann hat uns das Schicksal eingeholt, und dieser Meinung ist auch Mrs. McQueen gewesen, denn sie ist bei ihrer Großmutter, einer halben Blackfoot Indianerin, aufgewachsen. Vielleicht hätte das Geschöpf überlebt und ein paar Jahre mit dem schwachen Herz gelebt. Bis dahin wäre die Frau wieder schwanger geworden und hätte sich am nächsten Kind erfreuen können. Der natürliche Verlust des kranken Kindes wäre bedeutend einfacher für die junge Frau gewesen. Ihre derzeitige sehr angeschlagene psychische Verfassung, meine Herren, haben Doktor Strasser und ihr Ehemann Mr. McQueen mit ihrer Handlung zu verantworten. Ab sofort werde ich meinen Dienst in dieser Klinik kündigen. Sie alle können sich weiterhin das Recht herausnehmen, über Menschenleben zu bestimmen. Ich meinerseits kann und will das nicht verantworten. Auf Wiedersehen, meine Herren. Ich wünsche Ihnen allen noch einen schönen Tag."

Nachdem Lakota den Raum verlassen hatte, ging ein Raunen durch das Gremium. Die Stimmung war zum Schneiden dick.

Mr. McCoulough winkte ermattet ab, als Dr. Strasser sich zu Wort melden wollte, und vertagte die Sitzung bis auf Weiteres.

Lakota unterdrückte die tiefe Trauer und die entsetzliche Niedergeschlagenheit. Die freie Zeit nutzte sie, um ihre Kräuter und Salben aufzustocken. Sie besuchte eines der sieben Indianerreservate in Montana, kaufte Kräuter, Wurzeln, Rinden und tauschte mit den Schamanen ihre Kenntnisse aus. Zuhause verarbeitete sie die Naturheilmittel mit äußerster Sorgfalt und Genauigkeit. Die Yamswurzel, die das Hormon Progesteron enthält, das auch in der Antibabypille enthalten ist, wurde von den Indianern schon früher als Verhütungsmittel benutzt. Lakota hatte einige junge Frauen, die statt der Pille die Yamswurzel bevorzugten. Kinder zu zeugen, war etwas Wunderschönes, doch der körperliche und seelische Austausch war für Mann und Frau ein wichtiges Ritual. Die schönen Empfindungen, die zwei Liebende verbanden, linderten die menschlichen Sorgen der Welt wenigstens ein bisschen. Lakota seufzte, während sie die kleinen Säcke abmaß und zuschnürte. Sie hatte bis jetzt noch keinen Gebrauch von dieser speziellen Wurzel machen müssen. Ihr Herz sehnte sich, seit sie mit zwölf Jahren die weibliche Reife erlangt hatte, nur nach einem Mann und der verschloss noch heute sein Herz vor ihr. Lakota versuchte die melancholischen Gedanken zu vertreiben, indem sie leise zu singen begann.

So fand ihre Mutter die junge Indianerin vor, als sie den Laden betrat. Aiana hatte seit dem Tag, als ihre Tochter den Dienst im Krankenhaus gekündigt hatte, nur telefonisch mit ihr gesprochen. Einfühlsam, wie ihr Wesen war, wollte sie Lakota ein bisschen Zeit für sich geben. Die Botschaft, die sie ihr jedoch überbringen musste, war alles andere als erfreulich.

Aiana nahm ihre Tochter zur Begrüßung liebevoll in den Arm. Zwei dunkle Augenpaare blickten sich an. „Jane hat sich heute Morgen das Leben genommen, als Eric im Stall arbeitete." Ein leichtes Beben am Körper von Lakota zeigte die einzige Reaktion auf die traurige Mitteilung. Aiana forderte ihre Tochter auf, den Laden zu schließen und das Wochenende auf der Ranch zu verbringen. „Wir werden zusammen für die Befreiung von Janes Seele trommeln und beten", versprach sie ihrer Tochter zuversichtlich. Lakota füllte eine selbstgenähte Tasche mit Heilkräutern und nahm die Einladung ihrer Mutter dankend an.

Kapitel 6

Mel erreichte die Ranch am frühen Nachmittag. Endlich war er bereit gewesen, Texas für immer hinter sich zu lassen. Die Entscheidung hatte ihm Erleichterung verschafft. Allerdings war es ihm zurzeit mit den vielen Leuten im Haus viel zu turbulent. Mel sehnte sich nach Ruhe und beschloss kurzfristig in eine der leeren Gästehütten zu ziehen. Er würde nur zum Abendessen ins Landhaus kommen, um mit der Familie zusammen zu sein. Außer seinem Vater wusste noch keiner von seinen neuen Plänen. Als er frühzeitig zum Abendessen eintraf, vernahm er aus dem Musikzimmer die rhythmischen dumpfen Trommelschläge. Dazu begleiteten sanfte gemurmelte Stimmen den Gesang, der sich wie ein Refrain immer wiederholte.

Susuma, die in der Küche das Essen bereitstellte, klärte Mel über die traurigen Umstände auf und auch, dass Lakota in der Klinik gekündigt hatte. „Die arme Kleine hat nur das Beste gewollt und nun ist das Schlimmste eingetreten."

Mel zog es bei dieser Unterhaltung schmerzhaft die Bauchgegend zusammen. Schon immer war sein Beschützerinstinkt für Lakota sehr ausgeprägt gewesen. Einmal nach der Schule war seine kleine Stiefschwester hingefallen und hatte sich das Knie aufgeschürft. Natürlich musste er die protestierende Lakota den ganzen Weg nach Hause tragen. Oder wenn beim Dorffest die weißen Kinder das junge Mädchen wegen ihrer Haut hänselten, hatte er sich mit geballten Fäusten drohend vor die Meute gestellt. Lakota hatte ihn danach mit dunklen strahlenden Augen liebevoll angeschaut und selbstsicher gesagt: „Danke Mel, aber ich schaffe das schon allein." Lakota war eine starke, geduldige Person mit einem großen, offenen Herz für alle Wesen auf der Erde und Mel musste erkennen, dass diese Frau ihn sehr berührte, ja er glaubte sogar, sie zu lieben. Wieso konnte er nur jahrelang so blind durchs Leben gegangen sein?

Als er im Wohnzimmer vor dem knisternden Kamin saß und so tiefgründig nachdachte, kamen Nodin und Lilian herein. Ihre gegenseitigen nur durch Blicke ausgetauschten Liebesbekundungen verströmten eine ansteckende Freude. So ließ auch Mel sich von ihrer Fröhlichkeit mitreißen und lächelte den beiden mitfühlend zu. Immer mehr Familienangehörige gesellten sich dazu. Sogar Billy und Susuma stießen mit dem prickelnden Champagner an, den Sam jedem ausschenkte, als Nodin und Lilian ihr Geheimnis endlich gelüftet hatten. Die Überraschung war ihnen gelungen. Aiana trocknete Freudentränen über ihr erstes „Mitakoza", Enkelkind.

Ronj schlug Nodin kräftig auf die Schultern und meinte: „Wer hätte das gedacht, dass ausgerechnet unser Bruder, der immer so zurückhaltend gegenüber dem anderen Geschlecht war, als Erster daran denkt, eine Familie zu gründen."

„Man muss eben Geduld haben und auf die Richtige warten", erklärte Nodin seinem jüngeren Bruder mit der Weisheit eines alten Mannes.

Der Jubel wurde unterbrochen, als Sams Telefon klingelte. Der Sheriff hatte einen Anruf bekommen, dass Eric McQueen reichlich angetrunken sei und gesehen worden war, wie er die Fensterscheiben von Lakotas Laden eingeschlagen hatte: „Seid auf der Hut, der Mann ist bewaffnet und auf dem Weg zu euch auf die Ranch. Ich werde so schnell wie möglich bei euch sein. Bleibt im Haus."

Der Mann des Gesetzes konnte dies laut sagen. Natürlich bewaffneten sich die Gardener Männer und waren sich einig, ihre Familie gegen alles und jeden selbst zu verteidigen. Als Eric mit knirschenden Reifen in einem alten verrosteten Truck vor dem Ranchhaus anhielt und wankend mit dem Gewehr im Anschlag auf die vier Männer zutrat, die sich schützend vor die Frauen gestellt hatten, lallte der Rancher wütend: „Ich will mit dieser nichtsnutzigen Indianerin abrechnen, die Schuld am Tod meiner Frau hat."

Sam und Mel riefen gleichzeitig: „Lass Lakota in Ruhe. Sie hat mit dem Tod deiner Frau nichts zu tun."

Plötzlich drückte sich Lakota so schnell zwischen den Männern vorbei, dass es ihnen unmöglich war, sie zurückzuhalten. Mel glaubte, sein Herz würde stehen bleiben, als er sah, wie Lakota langsam auf Eric zuging. „Eric, hör mir zu. Ich wollte deiner Frau helfen. Die Ärzte und du habt nicht auf mich gehört. Niemand hat Schuld an ihrem Tod. Wenn du mich erschießt, wird sie dadurch nicht mehr lebendig und du musst ins Gefängnis."

Eric begann am ganzen Leib zu zittern. Sein Gewehr entglitt ihm und schluchzend sank er auf die Knie und hielt seine Hände vor das Gesicht. Lakota war nun bei ihm angekommen und kniete neben dem trauernden Mann nieder. Sie legte liebevoll ihre Hände auf seine eingefallenen, bebenden Schultern und sprach sanft auf ihn ein: „Eric, ich weiß, wie du dich fühlst. Ich empfinde auch tiefe Traurigkeit, eine Patientin und eine gute Freundin verloren zu haben. Der Schmerz wird wieder vergehen. Das Universum wird dir weiter seine

Schönheit offenbaren und jeder Augenblick deines Lebens wird wieder wie der erste Sonnenstrahl am Morgen sein."

Seine von heftigen Schluchzern überwältigte Stimme stammelte abgehackte Worte: „Ich habe Jane auf meine Weise geliebt, so gut ich konnte. Dabei sind mir viele Fehler unterlaufen. Manchmal war ich einfach zu hart mit ihr. Wie soll ich nur ohne sie weiterleben und jeden Tag bei der Arbeit an sie denken müssen."

Lakota strich ihm sanft über das fettige Haar, das ungepflegt am Kopf klebte, und flüsterte an sein Ohr. „Jane hat ihr Leben selbst genommen. Dich trifft keine Schuld. Du wirst aus deinen Fehlern lernen und die nächste Frau auf Händen tragen."

Rot unterlaufene, verweinte Augen trafen sich mit den ihren. Die sich darin befindende ehrliche Traurigkeit berührte Lakota sehr. „Ich werde nie mehr eine so gute Frau finden", hauchte Eric kraftlos.

Lakotas mitfühlender Blick half ihm, den Schmerz und die Verzweiflung zu dämmen. Die kraftvolle Überzeugung, die sie in die nächsten Worte legte, gaben dem Mann einen Funken Hoffnung: „Du bist noch jung und könntest die Ranch verkaufen. Beginn in einem anderen Staat ein neues Leben. Vielleicht wartet dort auch eine Frau auf dich. Ein neuer Anfang ist vom Schicksal vorbestimmt."

Eric nickte müde und schloss seufzend die Augen. Ein kleiner Hoffnungsschimmer zeigte sich auf seinem zerfurchten Gesicht. Der Sheriff, der in der Zwischenzeit angekommen war, trat auf die beiden zu. Lakota drückte noch einmal sanft Erics runterhängende Schultern und sagte mit Nachdruck in der Stimme: „Es wird alles gut werden." Dann stand sie auf und wandte sich mit leiser Stimme an den Sheriff: „Lassen Sie ihn in der Zelle ausnüchtern und brauen Sie ihm einen Tee damit." Lakota zog aus ihrer Tasche einen kleinen Beutel, den sie dem Sheriff übergab, der ihn dankend entgegennahm. Er hatte drei gesunde Kinder, die Lakota entbunden hatte, und schwor auf ihre Arzneimittel.

„Willst du Anklage erheben wegen Zerstörung deines Eigentums und Belästigung?" Lakota schüttelte nur den Kopf und trat zur Seite, dass der Sheriff dem großen Mann auf die Beine helfen konnte. Eric folgte auf wackeligen Beinen und stieg ohne jegliche Gegenwehr in den Streifenwagen. Mit einem kurzen Antippen der breiten Hutkrempe verabschiedete sich der Gesetzeshüter.

Lakota schritt sichtlich erleichtert auf das Haus zu, wo ihre Familie wieder erlöst aufatmen konnte, als sie mit Entsetzen feststellen musste, wie Mel alle Farbe aus dem Gesicht wich. Kraftlos versuchte er sich am Geländer festzuhalten und sein Gewehr fiel dabei geräuschvoll zu Boden. Damit hatte Mel auch die Aufmerksamkeit aller Anwesenden auf sich gelenkt. Sam versuchte sofort seinen Sohn zu stützen, als Lakota zu ihm gelangte.

„Bringt ihn ins Gästezimmer, zieht ihn aus und legt ihn mit dem Kopf erhöht hin", rief sie ruhig, aber bestimmt. Die Sorge um ihn war ihr anzusehen.

Während die drei Männer Mel an Armen und Beinen wegtrugen, gab sie weitere Anweisungen. „Aiana, braue Sonnenhut-Tee auf. Ich brauche meine Medikamente, den Weihrauchbehälter und ein Becken mit heißem Wasser." Lakota eilte mit großen Schritten davon. Als sie das Gästezimmer betrat, deckten die Männer gerade den bereits entblößten Mel mit einer Baumwolldecke zu. Jeder von ihnen drückte hoffnungsvoll ihre Hand, bevor sie schweigend den Raum verließen. Lakota suchte aus der Medikamententasche, die ihr Citlali gebracht hatte, eine Salbe. Auf die Frage, ob sie Hilfe brauche, schüttelte Lakota verneinend den Kopf und widmete ihre ganze Konzentration der nackten, muskulösen linken Brust von Mel. Mit kreisenden Bewegungen strich sie die golden eingefärbte Salbe ein. Dazu murmelte sie in einem Singsang indianische Worte: „Mel Nayeli. Ich lasse nicht zu, dass dein Herz zu schlagen aufhört. Ich werde es mit meiner ganzen Liebe und der vollkommenen Kraft der Heilung wieder beleben, so dass es wieder im Einklang mit deiner Seele schlagen wird." Dies versprach sie ihm, während sie ihm unaufhaltsam die Herzmuskeln mit ihren heilenden Händen knetete, bis das unregelmäßige dumpfe Klopfen wieder einigermaßen in einen normalen Rhythmus überging. Der süß-herbe Geruch von Weihrauch strömte dezent durch den Raum und der dampfende Tee stand in einer gusseisernen Kanne auf dem Nachttisch bereit. Eine halbgefüllte Tasse Sonnenhutmischung wartete darauf, beim ersten Lebenszeichen des Patienten angewendet zu werden.

Mit dem warmen Wasser legte Lakota Wickel auf seine Brust und strich ihm sanft über sein Gesicht, das allmählich eine leichte Färbung annahm. Sein Atem ging langsam, aber regelmäßig. Die Hoffnung auf Genesung war endlich sichtbar und Lakota küsste voller Freude Mel sanft auf die Lippen. Seine Lider, so schwer wie Blei, versuchten sich zu öffnen, während seine Zunge die kribbelnden Lippen leckte. Ein süßer, lieblicher Geschmack blieb an ihr hängen und Mel fand sich in einem allzu bekannten Traum wieder. Ein junger Mann von achtzehn Jahren küsste am Bach auf der Wiese ein unsagbar schönes junges Mädchen. Die Luft fing an zu vibrieren und ein Summen, als wären tausend Bienen im Anmarsch, dröhnte in seinem Kopf. Der Duft von frischem Gras und blühenden Blumen strömte in seine Nase. Mels ganzes Denken verschmolz mit seinem Herz. Ein Zauber lag auf ihm, den er nie wieder missen wollte. Die dumpfen schmerzenden Pulsschläge, die durch seinen Körper jagten, ließen ihn abrupt in die Wirklichkeit zurückgleiten. Mel spürte sein Herz langsam und rhythmisch schlagen. Der stechende Schmerz, der ihm zuvor den Atem genommen hatte, war beinahe fast von ihm gewichen. Endlich schaffte er es, seine schweren Lider zu öffnen, und sah geradewegs in warme schokobraune Augen, die ihn umgeben von dunklen, langen Wimpern anstrahlten. Mel konnte sich weder bewegen noch konnte er sprechen. Seine Sinne waren erstarrt. Um sicherzugehen, ob er womöglich von einer Illusion getrübt war, prägten seine graubraunen Augen sich das Gesicht, das vor ihm auftauchte, in jeder so winzigen Einzelheit in sein Gedächtnis ein. Die schön geschwungenen Lippen verzogen sich zu einem sinnlichen Lächeln, das die Grübchen an den Mundwinkeln vertiefte. Weiße Zähne, ebenmäßig angelegt, zeigten sich und ließen die dunkle Haut goldrot schimmern. Das schwarze dicke Haar, in langen welligen Strähnen umrahmte ein schmales Gesicht mit markanten Wangenknochen, die sich durch das Lächeln noch mehr hervorhoben.

Mel musste sich eingestehen, dass er nicht träumte, denn die Schönheit blinzelte und begann zu sprechen: „Mel, wie schön, dass du dich entschlossen hast, mich nicht allein auf der Erde zu lassen. Du hättest mir sehr gefehlt." Lakota nahm die Tasse und flößte ihm vorsichtig ein wenig Tee ein. „Versuch, so viel wie möglich zu trinken, die Kräuter werden dich von innen heraus stärken." Die Erschöpfung war ihm anzusehen und bevor er wieder wegdriftete, hörte er die beruhigende Stimme Lakotas in weiter Ferne: „Du musst dich ausruhen und schlafen." Mel spürte die warme Hand, die seine Wange zärtlich streichelte, und die Lippen, die seine berührten, als wären es Schmetterlingsflügel, die ihn streiften. Er fühlte sich unsagbar glücklich und zufrieden. Dann entglitt er in einen tiefen erholsamen Schlaf.

Vielleicht war es der Durst, der ihn erwachen ließ, oder das Mondlicht, das auf das Bett schien. Mel spürte etwas Warmes auf seiner nackten Brust und Haare, die ihn an der Wange kitzelten. Der Duft von Weihrauch lag noch immer in der Luft. Vorsichtig bewegte er seinen Kopf und entdeckte Lakota schlafend, eng an ihn geschmiegt. Ihre Hand wärmte sein Herz bis ins tiefe Innere seiner Seele. Es war nicht nur Liebe, die er zu dieser Frau empfand. Lakota war ein Teil von ihm, das wurde ihm in diesem Moment erst richtig bewusst. Der Vollmond beschien ihr entspanntes Antlitz und Mel glaubte, nie ein schöneres Wesen auf Erden gesehen zu haben. Sicher hatte er kurze Affären mit Frauen gehabt, doch zu seinem Leidwesen war ihm bei jedem Liebesakt ständig Lakotas Gesicht erschienen. In den letzten Jahren hatte er wie ein Mönch gelebt, nur um sein inneres Gleichgewicht behalten zu können. Ständig hatte er sich beschämt eingeredet, dass Lakota nur seine Schwester sei, nicht mehr. Dann hatte er sich in die Arbeit geflüchtet, die ihn bis zuletzt zu ersticken drohte. Gestern hatte er gesehen, was für eine starke Magie in ihr steckte. Die Angst, die er ausgestanden hatte, als sie auf den hasserfüllten, bewaffneten Cowboy zulief, schnürte ihm noch jetzt die Luft ab. Wehrlos war er dagestanden und hatte mit ansehen müssen, wie Lakota den großen, starken Mann ohne Gewalt vor sich auf die Knie zwang. Die sanften Worte, die sie zu ihm sprach, hatte er nicht verstehen können, doch die Liebe, mit dem sie ihn berührte und Trost spendete, zersprengte den angestauten Hass und die Schuldgefühle, die in Erics Seele brodelten.

„Nayeli, ich verehre dich, du schönes Wesen." Zart hauchte Mel Küsse auf ihre Wange und flüsterte ihr dabei zärtliche Worte ins Ohr.

Langsam erwachte Lakota und kuschelte sich wohlig schnurrend näher an ihn heran. Dann öffnete sie ihre vom Schlaf verhangenen Augen und murmelte mit ihrer melodischen, sonoren Stimme: „Nayeli ist das Schönste, das du je zu mir gesagt hast, und mehr verlange ich nicht von dir. Ich bin nur ein Mensch aus Fleisch und Blut." Sie lehnte den Kopf wieder an seine Schulter und genoss seine Liebkosungen. Mel strich ihre langen, seidenen schwarzen Strähnen entlang und berührte dabei sanft ihren Rücken. Ein Kribbeln rann Lakota die Wirbelsäule hinauf und die Nervenenden entluden sich wie kleine Blitze an ihren Haarwurzeln.

Mit rauer, tiefer Stimme brummelte Mel etwas enttäuscht: „Was willst du mit einem Mann wie mir, der dir nur zur Last fällt mit seiner Einfältigkeit."

Lakota setzte sich auf, sah ihn mit ihren sanften rehbraunen Augen ernst an und ergriff seine Hand, die sie mit der ihren umschloss. Beide Hände legte sie auf ihr Herz und in ihrer Stimme klang eine verzweifelte Wehmut mit, als sie Mel ein behütetes Geheimnis anvertraute: „Spürst du nicht, dass du ein Teil meiner Seele bist? Ohne deine Liebe fehlt mir ein Stück aus meinem Herzen."

Mel konnte nicht glauben, was Lakota ihm gerade gestanden hatte. Sein Glück schien vollkommen zu sein und mit einem freudigen Strahlen zog er Lakota in seine Arme. Sie hielten sich umschlungen und im Stillen weinten sie gemeinsam Tränen der Erlösung, denn endlich war der quälende Schmerz, der wie ein alter festgebohrter Dorn im Inneren gesessen hatte, verschwunden. Dafür erblühte die neu gewonnene Freude wie eine Blume, die sich im Licht der Sonne entfaltete.

Am nächsten Tag sprach sich schnell herum, dass der älteste Sohn wieder wohlauf sei. Noch etwas geschwächt gönnte man ihm die Bettruhe, die Lakota ihm verschrieb und mit ihm teilte. Die Familie nahm dies erfreut und mit Schmunzeln zur Kenntnis. Kathleen, deren aufgewühlte Gefühle sich wieder beruhigt hatten, meinte mit ihrer humorvollen Art: „Wie konnten zwei so kluge Menschen nur so lange gebraucht haben, um sich zu finden."

Aiana bemerkte mit einer mütterlichen Weisheit: „Manchmal braucht der Mensch eine gewisse Reife, bevor das Schicksal eingreifen darf."

Da man für das Erntedankfest und die zusätzliche Hochzeitsfeier von Nodin und Lilian noch vieles vorbereiten musste, liefen die Vorkehrungen mit emsigem Treiben. Angelina und Brody Brook, die Eltern von Lilian, freuten sich, dass ihre Tochter den Mann ihrer Träume gefunden hatte, und waren auf dem Weg nach Montana. Man gedachte nur eine schlichte Feier im Haus abzuhalten. Am Ende nahmen jedoch an die dreißig Leute teil. Gillian Logan spendete die Getränke und das Essen, das man direkt aus dem Hotel frisch zubereitet lieferte. Der Nachtisch wurde von der Familie Gardener selbst zubereitet, was auch Lilians selbstgebackene Scones beinhaltete. Die Feier begann am Nachmittag und hielt bis in die frühen Morgenstunden an. Bei der Zeremonie, die man im großen Wohnzimmer abhielt, spielten Aiana und Lakota indianische Flöte. Citlali sang mit ihrer wohltemperierten Stimme dazu. Es war eine wehmütige Weise und ging allen ans Herz. Der Priester, vom Blut her ein halber Indianer, traute das Brautpaar. Lilian, in einem langen grünen Samtkleid, der Farbe ihrer Augen, mit dem hochgesteckten Haar, das von einem Blumenkranz geschmückt wurde, sah aus wie eine Fee, direkt aus dem Märchen entsprungen. Ihr Vater, ein großer Mann mit einer roten wilden Lockenpracht, übergab sie mit verdächtig schimmernden Augen dem Bräutigam und setzte sich neben seine aufgewühlte Frau, die sich stumm die Tränen abwischte. Nodin, dessen Anzug von einem gebrochenen Weiß war, sah mit seiner dunklen Haut und dem rabenschwarzen, sorgsam zurückgebundenen Haar fantastisch aus. Glück strahlte aus seinen Augen und als er die Braut küsste, klatschten die Gäste triumphierend in die Hände. Kathleen stimmte zum Schluss ein fröhliches Lied auf dem Klavier an. Nach dem kleinen Imbiss und den persönlichen Glückwünschen aller Gäste verabschiedete sich das Brautpaar. Billy fuhr sie in einer Kutsche, geschmückt mit Blumen, in ihr trautes Heim, wo sie in einem von Rosenblüten geschmückten Bett ihre erste Nacht als Mann und Frau verbrachten.

Das Erntedankfest, ein jährliches Treffen mit Familie, Freunden, Bekannten und Nachbarn, war immer wieder eine Herausforderung. Kleinere Probleme wurden behoben und neue Freundschaften geschlossen. Das alte Kriegsbeil zwischen den Gardeners und den Logans musste endlich aufgehoben werden, dachte Aiana und suchte unter den Gästen nach ihrer Schwägerin. Kathleen, die Gillian den ganzen Abend aus dem Weg gegangen war, konnte sich einfach nicht richtig entspannen. Sie mischte sich unter die

Leute, unterhielt sich höflich und versuchte, eine gute Miene zum bösen Spiel zu machen. Endlich sah Aiana Kathleen, denn mit ihrer Größe oder besser gesagt Winzigkeit war sie von der Menschenmenge regelrecht verdeckt. Ihr blondes Haar, das sie zur Feier fein säuberlich hochgesteckt hatte, begann sich allmählich zu lösen. Einige goldene Strähnen umrahmten ihr gerötetes Gesicht. Sie hielt ein Glas eisgekühlten Champagner in der Hand und lachte über etwas, das ein älteres Ehepaar aus der Gegend gerade erzählt hatte, laut auf. Wenn sie den Alkohol so weiter genoss, würde der Abend nicht gut enden, deshalb gedachte Aiana, gezielt dem Schicksal etwas nachzuhelfen.

Auch Gillian, der aus dem Augenwinkel ständig einen Blick auf Kathleen warf, bemerkte ihren überschwänglichen Hang zu der prickelnden, kühlen Verführung. Als Aiana zu ihm trat und ihn mit einem unschuldigen Blick bat, in der Küche nachzuschauen, ob im Kühler noch genug von seinem köstlichen Champagner bereit stand, konnte er als kluger Mann erahnen, dass da mehr als nur ein kleiner Gefallen dahintersteckte. Er lächelte charmant und begab sich in die Küche, wo er den Kopf in den Kühler steckte und die Flaschen zählte. Unterdessen schickte Aiana ihre Schwägerin für weitere kleine Häppchen mit einem leeren Tablett in die menschenleere Küche, wie sie erhoffte. Kathleen schichtete mit der Tortenschaufel sorgfältig die kleinen, verschieden belegten Brötchen auf das leere Tablett, darauf bedacht, keines fallen zu lassen. Gillian, der sie dabei beobachtete, blieb starr hinter dem Kühler stehen und wartete ab. Sollte er sich zu erkennen geben oder lieber Stillschweigen bewahren? Eines der runden belegten Brötchen fiel auf den Tisch und Kathleen steckte es sich genussvoll in den Mund. In diesem Augenblick räusperte sich Gillian Logan und trat aus der Ecke. Fast hätte sich Kathleen an dem Häppchen verschluckt. Sie starrte ihn mit aufgerissenen Augen entsetzt an, während er sich lächelnd näherte. Mit dem vollen Mund konnte sie nicht widersprechen, dachte Gillian grinsend und ergriff sofort das Wort: „Also hör mal, so wie du mich ansiehst, könnte man meinen, ich sei ein Monster. Wenn du mir schon einmal zuhören musst, kann ich dir auch sagen, dass du mich vor fünfundzwanzig Jahren maßlos enttäuscht hast."

„Enttäuscht!" Das Wort spuckte Kathleen regelrecht heraus, als sie den zerkauten Rest endlich heruntergewürgt hatte. Dann nahm sie, wie es sich für eine Dame gehörte, eine Serviette und tupfte sich damit die Mundwinkel sauber. „Du hast mich sitzen lassen. Gill, verdreh nicht alles zu deinen Gunsten."

Wütend hielt Gillian ihre Arme fest, dass Kathleen ihm nicht entweichen konnte, denn er hatte ihr noch viel mehr zu sagen: „Mein alter Herr sprach mit deinem Vater, der die Heirat verweigert hatte."

Kathleens Stimme war nun gefährlich leise: „Ja, weil der reiche Logan ihm gesagt hat, dass ich nur auf das Geld seines Sohnes aus sei und nicht den angemessenen Standard besitze, den die Familie Logan sich gewünscht hatte. Ich belauschte das Gespräch vor der Tür des Arbeitszimmers meines Vaters." Sie erinnerte sich noch allzu gut an diesen Tag, als wäre es erst gestern gewesen. Die alte Wunde schmerzte sie noch genauso fest wie damals. Der angesehene Mr. Logan war nicht einverstanden mit dem Techtelmechtel seines Sohnes und beschwerte sich bei ihrem Vater, dass seine Tochter versuche, sich an Gillian ranzumachen, was Jack Gardener vehement abstritt. Die beiden Männer brüllten sich wütend Gemeinheiten an den Kopf und entschieden, dass zwischen Kathleen und Gillian nie eine Hochzeit stattfinden werde. Verzweifelt, um den Kopf wieder klar zu bekommen, ritt sie an diesem Tag einfach spontan aus. Sie war für den kühlen September nicht ausreichend bekleidet gewesen, doch das Schlimmste an der ganzen Sache war, dass sie Gillian Logan liebte und von ihm schwanger war. Kathleen galoppierte stundenlang orientierungslos durch die Gegend. Am Ende war ihr Körper kraftlos, unterkühlt und zu Tode erschöpft. Sam fand seine Schwester damals nach langer Suche in der Dunkelheit und brachte sie sicher nach Hause zurück. Kathleen bekam noch in der Nacht sehr hohes Fieber, das von starken Blutungen begleitet wurde. Leider zu spät, da sie ihre Schwangerschaft verschwiegen hatte, brachte man sie ins Krankenhaus, wo sie das Kind verlor und man ihr die Gebärmutter wegen einer starken Entzündung entfernte. Zu jener Zeit hatte man noch nicht mit dem Wissen der indianischen Medizin gearbeitet. Weder die Verhütung noch die Anwendung des Suds vom Sonnenhut, der eine Blutvergiftung hätte stoppen können, hatte man bei ihr angewendet.

Gillian, der ihr fassungslos gegenüberstand, brachte zuerst kein Wort über seine Lippen. Er glaubte, sich verhört zu haben. Kathleen war eine aufbrausende Person, aber eine Lügnerin, das war sie nie gewesen. Sein Griff lockerte sich um ihre Handgelenke, als er mit leiser Stimme sprach: „Ich wollte danach zu dir, doch man verweigerte mir den Zutritt und erklärte mir, dass du sehr krank seist. Damals glaubte ich, du wolltest mich nicht sehen und ich war zutiefst gekränkt über deine harsche Reaktion."

Kathleen schluckte ein paar Tränen runter und erwiderte mit zitternder Stimme. „Ich habe zu dieser Zeit dein Kind verloren und wäre daran fast gestorben."

Entsetzt von ihrem Geständnis ließ er ganz von ihr ab und entfernte sich geschockt einige Schritte, um sie dann ungläubig anzustarren. In ihren blauen sonst so strahlenden Augen sah er eine tiefe Trauer, vermischt mit unglaublichen Qualen. Kathleen konnte die Tränen keinen Augenblick länger mehr zurückhalten. Sie rannte in den Garten hinaus in die Dunkelheit der Nacht. Der Schmerz der Vergangenheit hatte sie wieder eingeholt und überwältigt. Blind vom Weinen stolperte sie den schmalen Weg hinauf zur Holzbank. Wieder einmal war sie für die Jahreszeit viel zu leicht bekleidet. Kathleen spürte weder die Kälte noch konnte sie die aufgewühlten Gefühle unter Kontrolle bringen. Gillian hatte sie mit wenigen Schritten eingeholt, zog sein Jackett aus und legte es ihr um die Schultern. Dann setzte er sich zu ihr auf die Bank. Gillian wusste nicht, was er sagen sollte, also kramte er sein sauberes Taschentuch hervor und reichte es Kathleen, die heftig schniefte und dabei herzzerreißend schluchzte. Sanft legte er ihr die Hand über die bebenden Schultern und drückte sie an sich, um sie mit seinem Körper zu wärmen. Schweigend saßen sie da, hilflos gefangen von ihren Gefühlswallungen, die sie zu überrollen drohten.

Gillian, ein Mann mit politischen Ambitionen, fand zuerst wieder klare Gedanken. „Du hast mit deinem Mann nie Kinder gehabt." Es war eher eine Feststellung, die er erläuterte.

Mit heiser kratzender Stimme erwiderte Kathleen: „Ich musste damals die Gebärmutter entfernen. Tex war ein guter Mann. Ich habe immer mit offenen Karten gespielt und da er so viel älter war und genug Söhne hatte, war das auch kein Thema für ihn." Die Ehe mit dem reichen Texaner hatte ihr ein erfülltes Leben gegeben. Tex war ein guter, fröhlicher Mensch gewesen. Gegenseitig hatten sie einander respektiert und auf ihre Art geliebt. Die Unbeschwertheit, die vielen Reisen hatten ihr gut getan, dabei konnte sie ihre Trauer endlich vergessen. Kathleen musste jedoch feststellen, dass die Wunden der Vergangenheit noch lange nicht verheilt waren. Wieder entrang sich ihr ein herzzerreißender Seufzer. Gillian drückte ihr mitfühlend die Hand: „Es tut mir so leid. All das wusste ich nicht. Ich war zutiefst gekränkt und suhlte mich im eigenen Schmerz, denn ich habe dich so sehr geliebt." Er wusste nicht, ob er auf den eigenen Stolz oder auf die Lügen seines verstorbenen Vaters wütender sein sollte. Ungeschehen konnte man die ganze Sache nicht mehr machen. Aus dem jungen Gillian Logan wuchs mit den Jahren nicht nur ein reicher Geschäftsmann heran. Seine aufsteigende politische Karriere brachte ihm viel Erfolg, alles, wovon ein Mann nur träumen konnte. Doch im Innern konnten all der Ehrgeiz und sein Reichtum das gebrochene Herz nie richtig heilen. Anny Logan, die er noch im selben Jahr geheiratet hatte, litt unter seiner kühlen, distanzierten Haltung. Nach Kathleen hatte er sich geschworen, niemals mehr so tief zu lieben. Es gab nun einiges zu überdenken. Vieles, was damals passiert war, konnte man nicht so einfach ungeschehen machen. Gemeinsam kamen sie zu dem Entschluss, die hässliche Sache von damals neu zu überdenken und zu einem späteren Zeitpunkt das Gespräch in Ruhe erneut aufzugreifen.

Als sie ins Haus zurückkehrten, waren die meisten Gäste bereits heimgefahren. Kathleen verabschiedete sich von Gillian und zog sich in ihr Zimmer zurück. Lon Logan, ein hübscher junger Mann, versuchte einige Male ungestört ein paar Minuten mit Citlali zu verbringen. Doch meistens klebte sie mit Ronj wie eine Klette zusammen. Bis jetzt hatten sich ihm alle Frauen an den Hals geworfen, da er nicht nur attraktiv, sondern auch ein sehr reicher Erbe, eben ein Logan, war. Als sein Vater ihn zum Gehen bewegte, war seine Stimmung etwas gereizt, da er gehofft hatte, diesen Abend Citlali etwas näherzukommen. Beim Abschied wechselte er doch noch ein paar Worte mit der mexikanischen Schönheit. Lon bot ihr an, ihr das Resort der Logens zu zeigen. Citlali wollte nicht unhöflich sein und meinte: „Wenn sich eine Gelegenheit ergibt, komme ich gerne auf die Einladung zurück."

Lakota dachte an Nodin. Der Glückspilz verbrachte gemeinsam mit Lilian die erste Nacht als frisch vermähltes Paar in ihrem fertiggestellten Haus auf dem Hügel. Lakota und Mel planten ihre Hochzeit im stillen Kreis der Familie abzuhalten. Vorgesehen war die Feier an Weihnachten. Im Frühling würden sie dann ihr Haus ganz in der Nähe bauen, Mel hatte nun öffentlich bekundet, dass er seine Verpflichtungen in Texas endgültig gelöst hatte. Das Stück Land, nahe dem Waldrand war ein verfrühtes Hochzeitsgeschenk von seinem Vater gewesen und das Resort befand sich nur einen Katzensprung davon entfernt.

Eric hatte sich wieder gefangen und mit Hilfe von Janes Bruder, dem er die Ranch zu einem fairen Preis verkauft hatte, konnte er einen neuen Lebensabschnitt beginnen. Lakota war so unendlich glücklich, als sie sich am Abend ins Bett zu Mel begab, der sich so schnell von dem Herzinfarkt erholt hatte, dass es schon fast an ein Wunder grenzte. Das Schicksal hatte geholfen, die beiden zusammenzuführen.

Achte auf die Stille und bewahre sie, denn sie bringt alle Träume der Menschen.

Indianische Weisheit

Das echte Gefühl ist wie der Fluss, der im
Sonnenschein dahinfließt und später mit
demselben freudigen Murmeln die
Dunkelheit der Nacht durchquert.

Indianische Weisheit

Citlalis schneller Ritt auf ihrem Schimmel durch die klare Sommernacht der weiten texanischen Ebene wurde vom Vollmond begleitet. Nur mit einem Trägershirt und knielangen Jeans bekleidet umklammerten die nackten Waden und Füße den erhitzten Pferdekörper. Die langen kastanienbraunen Haare flatterten im Galopp in einer harmonischen Einheit mit der weißen Mähne des Hengstes, dessen Schnauben rhythmisch durch seine aufgeblähten Nüstern entwich. Die Hufe donnerten auf dem harten, staubigen Boden wie Trommelschläge, die Citlali, eine halbe Indianerin, an ihre Ahnen erinnerte. Eine eiskalte Angst trieb sie an, auch wenn sie nicht wusste, wo die Gefahr lauerte. Ihre Nackenhaare sträubten sich. Den Blick starr zum Mond erhoben, der wie eine große helle Scheibe am dunklen Himmelszelt prangte. Die vielen Sterne funkelten wie Diamanten und spiegelten sich in den goldbraunen Augen der Reiterin wider. Wenn sie doch nur dort hinauf in diese Unendlichkeit entfliehen könnte. Noch bevor sie den Gedanken ausgesprochen hatte, hoben sich Pferd und Reiter vom Boden und flogen durch die Luft dem Universum entgegen. Da schob sich plötzlich eine düstere Wolke vor die runde helle Scheibe und in der darauffolgenden Dunkelheit verirrte sie sich auf ihrem Weg. Als sich der Mond endlich wieder zeigte, war er blutrot und Citlali konnte den ekelerregenden Geruch des Todes riechen. Schweißgebadet erwachte sie aus dem hässlichen Traum, der sie schon seit der Kindheit verfolgte. Da sie ein schreckliches Geheimnis mit sich trug, das sie noch nie mit jemandem geteilt hatte, musste sie monatlich mit diesen schlimmen Albträumen ganz alleine fertig werden. Sie besaß einen Traumfänger in der Form eines Sternes, denn Citlali, ein mexikanisch-indianischer Name, bedeutet Stern. Die Schutzgeister halfen ihr, seit sie das zehnte Lebensjahr erreicht hatte, mit diesem Dilemma zu überleben.

Im Wesen war Citlali sehr besonders. Ihre schnelle Auffassungsgabe und Hilfsbereitschaft schätzte man sehr. Mit ihren zweiundzwanzig Jahren hielt man sie wegen ihres jugendlichen Aussehens noch für ein Mädchen, was sie ungemein störte, vor allem wenn es um Ronj, den jüngsten Gardener, ging. Der stolze Cowboy war nur zwei Jahre älter. Aber er liebte es, so zu tun, als läge ihm die ganze Welt zu Füßen und spielte sich noch so gern vor ihr auf, nur um sie zu ärgern. Citlali, ein Einzelkind, geboren in die Familie Morena und Tochter einer der Söhne des mächtigen Ölbarons von Texas, wurde in einer katholischen Schule unterrichtet. Abgeschirmt und behütet von der Welt, wie Ronj sie immer aufzog. Sie habe keine Ahnung, wie das richtige Leben sei. Diese Andeutung machte Citlali fuchsteufelswild, denn nur zu gut wusste sie, wie schrecklich das Leben einem mitspielen konnte. Aber da sie nun schon zwölf Jahre geschwiegen hatte, konnte sie die Wahrheit auch noch länger für sich behalten. Was würde geschehen, wenn sie den Mord, den sie als Kind miterlebt hatte, der Polizei gestehen würde? Die Tat konnte sie nicht ungeschehen machen. Ein Schauder lief ihr den Rücken herunter, wie jedes Mal, wenn sie sich an diese Nacht erinnerte. Noch heute löste allein schon der Gedanke an den Vorfall eine Panikattacke in ihr aus. Die Eltern und die Polizei hatten sie damals, weil sie noch ein Kind war und unter Schock gestanden hatte, von der Befragung befreit. Nicht einmal der jahrelangen Seelsorgerin, bei der sie regelmäßige Therapiestunden besuchte, hatte sie ihr Herz geöffnet. Das Kind verschloss sich immer mehr. Zuletzt entschieden die Eltern, Citlali in ein katholisches Internat zu stecken. Durch die vielen Mädchen fand sie Ablenkung und lernte fleißig für den Abschluss des Gymnasiums, den sie als Drittbeste absolvierte. Mit zwanzig wollte sie nicht mehr zu ihren Eltern zurück. Sie bevorzugte die Ranch ihres Großvaters, der inzwischen mit

Kathleen Gardener verheiratet war. Die beiden Frauen verstanden sich hervorragend und die herzliche, lustige Kathleen öffnete Citlali eine neue Welt. Aus dem ernsten Mädchen war eine kämpferische, selbstbewusste Frau geworden. In Texas und dem nahen Mexiko wurden die Rechte einer Frau noch heute missachtet, deshalb engagierte sich Citlali für die misshandelten Opfer. Die junge Mexikanerin finanzierte mit dem Geld aus ihren Ölaktien Frauenhäuser. Außer Kathleen wusste niemand von diesem Fond, den Citlali mit dem Geld des Legats angelegt hatte. Es machte sie glücklich, etwas Sinnvolles in ihrem Leben, das von Luxus geprägt wurde, aufzubauen und die misshandelten Frauen zu unterstützen. Mit dieser Geste glaubte sie fest daran, dass auch ihre Wunde, die sie mit sich trug, eines Tages heilen würde. Als Kathleen beschloss, nach dem Tod ihres Mannes Tex nach Montana zurückzukehren, begleitete Citlali ihre Freundin, wie sie die zweite Frau ihres verstorbenen Großvaters im Stillen nannte.

Kapitel 7

Die Morgendämmerung brach an und der Nebel, der sich am Flussbett entlang erhob, löste sich allmählich in der Luft auf. Der Oktober konnte in dieser Gegend Montanas plötzlich Schnee bringen. Fröstelnd zog Citlali ihren Kragen an der Schaffelljacke höher, als sie bei den Ställen aus dem alten Pick-up stieg, den man ihr geborgt hatte. Heute würde ihr Pferd aus Texas ankommen. Ihr Herz machte einen Freudensprung, wenn sie an Orendo, den weißen Schimmel, dachte. Der Hengst würde sich dann auf einen kalten Winter in Montana einstellen müssen, aber dafür waren sie beide zusammen.

Als Citlali die Arbeitsjacke übergestreift hatte und mit der Mistkarre den Boxengang entlang schritt, kam ihr Ronj entgegen. „Hallo! So früh schon auf? Das ist keine Arbeit für Mädchen."

Während er die Holme ergriff und ihr die zweirädrige Mistkarre entziehen wollte, sperrte sich Citlali wütend: „Du hast immer noch nicht begriffen, dass wir in Texas auch arbeiten können." Weil Ronj viel stärker war und darauf beharrte, diese Arbeit zu übernehmen, musste Citlali wohl oder übel nachgeben. Bevor sie davonmarschierte, schubste sie ihn noch in die Seite und murmelte unschöne Worte auf Spanisch, denn sie wusste, dass Ronj sie dann nicht verstehen konnte und sich ärgerte. So begnügte sie sich mit der Fütterung und dem Striegeln der Pferde. Als die Sonne die Kälte der Nacht vertrieben hatte, durften die Tiere sogar auf die Weide. Mit den Händen in die Hüfte gestützt schaute Citlali der freigelassenen Herde nach. Die Schweife und Köpfe in die Höhe gereckt, galoppierten sie über die Koppel und genossen ihren Auslauf. Ronj, der plötzlich neben ihr erschien, setzte den Fuß mit den abgewetzten Stiefeln auf den untersten Balken ab. Dabei legte er den Kopf auf seine kräftigen Arme, die verschränkt auf dem Gatter ruhten, und beobachtete die junge Frau neben sich unter halbgeschlossenen Lidern. Citlali spürte seinen indirekten Blick, ließ sich dabei jedoch nicht aus der Ruhe bringen. Auch wenn es zwischen den beiden knisterte, war das Streiten und Sticheln eine tägliche Gewohnheit. Die beiden lagen sich ständig in den Haaren und deshalb war Citlali erstaunt, als Ronj nach einer längeren Ruhepause ein ganz normales und freundliches Gespräch begann: „Heute kommt Orendo. Freust du dich?"

Ein Lächeln breitete sich auf dem sonst ernsten Gesicht aus und ihre weißen ebenmäßigen Zähne blitzten auf. „Und wie. Es kommt mir vor wie ein Déjà-vu. Orendo bekam ich zu meinem elften Geburtstag und ich habe ihn selbst eingeritten. Er ist mein Ein und Alles."

Ronj drehte seinen Kopf zu ihr und schaute ihr in die goldbraunen Augen, die voller Stolz leuchteten. Seine Mundwinkel hoben sich leicht und das Blau in seinen Augen erstrahlte noch intensiver: „Der Glückspilz. Was heißt Orendo übersetzt?"

„Der Geheimnisvolle."

Ronj zog fasziniert eine Augenbraue in die Höhe und betrachtete die kleine zierliche Person noch intensiver. Citlali war von Anfang an für ihn ein ungelöstes Rätsel gewesen. Die Frau hatte ein außerordentliches Temperament, konnte kräftig bei der Arbeit mit anfassen und war äußerst klug, was sie ungern zugab. Eigentlich wusste er, dass sie kein verwöhntes Einzelkind war, doch Ronj bevorzugte es, Citlali mit dem

Reichtum, in den sie geboren worden war, aufzuziehen und sie zu necken. Er nannte sie ein kleines verwöhntes Mädchen, das alles bekam, was es sich wünschte. Mit dieser Äußerung brachte Ronj Citlali jedes Mal zur Weißglut. Die junge Frau sprach selten über ihr Leben in Texas und das wunderte den Cowboy sehr. Alles, was Ronj bisher über Citlali in Erfahrung bringen konnte, hatte er seiner Tante Kathleen aus der Nase gezogen. Verschwiegenheit war bei den Frauen eine Seltenheit und machte Citlali nur noch rätselhafter. In ihrer Freizeit verbrachte sie viele Stunden am Laptop und wenn er sie darauf ansprach, erklärte sie nur, „mit Freunden zu korrespondieren".

Einmal, als er mit Kathleen allein gefrühstückt hatte, fragte er so nebenbei, ob Citlali womöglich einen Freund habe. Seine Tante schüttelte lachend den Kopf und erwiderte mit einem unterdrückten Schmunzeln: „Sie wartet noch auf den Richtigen." Beruhigt aß Ronj weiter, doch die Distanziertheit Citlalis ihm gegenüber machte ihn ganz verrückt. Normalerweise scharten sich die Frauen um den hübschen Montana-Cowboy. Sein blondgelocktes von hellen Strähnen durchzogenes Haar und die blauen klaren Augen, die er von seinem Vater Sam Gardener geerbt hatte, gaben ihm ein attraktives Aussehen. Seine Statur, groß und kräftig gebaut mit langen Beinen, verlieh ihm zusätzlich ein sehr männlich wirkendes Erscheinungsbild. Seine lässige, selbstsichere Art, der die meisten Frauen so verfallen waren, tat er mit den Worten ab: „Das ist der natürliche Beschützerinstinkt, den die Frauen an mir so lieben."

Citlali war da anderer Meinung und konterte dann abschätzig: „Alles nur Machogehabe."

Ronj erwiderte dann gleichmütig: „Du wirst es ja wissen, kleines Mädchen." Somit war das Gespräch beendet und Citlali stampfte dann gedemütigt davon. Doch heute schien der Cowboy in einer ausgesprochen guten Laune zu sein. Gestern hatte sich Ronj wie jeden Freitag mit seinen Kollegen zum Billard getroffen. Meist flirtete er dann wild mit den Frauen, die in der Bar herumhingen oder übernachtete bei einer seiner holden Geliebten. Dies ärgerte Citlali jedes Mal von Neuem. Ronj verweigerte auch ihre Begleitung. Der Grund dafür, nahm sie an, mussten die vielen Freundinnen sein, die sich ihm an den Hals warfen. Citlali dachte ernstlich darüber nach, einfach so spontan an einem Abend in die Bar zu platzen und nahm sich vor, dies bald zu tun. Als beide so friedlich und entspannt am Zaun lehnten, vernahmen sie das Brummen eines Fahrzeuges. Ein großer Jeep mit Pferdeanhänger kam den Weg entlanggeholpert und Citlalis Herz machte einen großen Hüpfer. Kaum war der Motor verstummt und der Fahrer begrüßt, öffnete der dunkle Mexikaner den Anhänger und entlud Orendo, der seine Ohren nervös hin und her bewegte. Ein lautes Schnauben, das einer Erleichterung glich, endlich aus dem engen Käfig zu entkommen, entfuhr dem Hengst. Die großen Nüstern blähten sich auf und saugten die Gerüche seiner neuen Umgebung ein. Die wohlbekannte Stimme entlockte ihm ein Wiehern und stolz warf er den Kopf zurück. Der Texaner hatte die größte Mühe, das kräftige Tier zu bändigen. Citlali kam ihm zur Hilfe und übernahm das Halfter. Mit ruhigen indianischen Worten kraulte sie Orendo über die Stirne und streichelte ihm die weichen Nüstern. Das Fell des Schimmels glänzte im Sonnenlicht und der vertraute Geschmack von Citlali ließ ihn zur Ruhe kommen. Liebevoll rieb er seinen Kopf an ihr und schubste sie gegen Ronj, der näher getreten war, um das große, beeindruckende Pferd zu begutachten.

„Wow, ein wirklich schönes Tier. Da kannst du Nodin nicht mehr halten, der wird betteln, dass er seine Stuten mit Orendo decken darf."

Citlali lachte schallend auf und entgegnete: „Orendo wird sich glücklich schätzen. Ich werde ihn ein wenig bewegen, so können sich seine Muskeln langsam wieder ans Laufen gewöhnen."

Der Texaner erklärte, dem Schimmel jeden Tag natürliche Beruhigungstropfen eingeflößt zu haben: „Sonst hätte der Kerl sich noch verletzt, so wie der herumgekickt hat. Einmal hat er mich arg erwischt. Mein Oberschenkel leuchtet in allen Farben."

Die beiden Männer unterhielten sich noch eine Weile, während Citlali und Orendo einen halbstündigen Spaziergang genossen. Dann wurde der Schimmel in eine frisch mit Stroh und Heu eingelegte Box, die am äußersten Rand des Stalles stand, geführt, wo er sofort zu fressen begann. Nodin, der von Lilian begleitet den Hengst mit Wohlwollen musterte, gestand: „Ein prachtvoller Bursche und strotzt nur so vor Gesundheit." Natürlich waren sich Citlali und Nodin einig, mit ihm zu züchten.

Als Citlali zum Lunch eintraf, arrangierte Kathleen gerade summend einen riesigen Strauß gelber Rosen in einer Vase. „Wow, die sind wunderschön", meinte Citlali und begutachtete mit einem Lächeln die schmucke Karte. Ein Schmunzeln folgte, als sie mit hochgezogenen Brauen, die unter ihren Fransen verschwanden, nachfragte: „Von deinem Verehrer Gillian Logan?"

„Ja, er lädt mich zum Dinner in sein Hotel ein und ich darf den Termin bestimmen."

„Ein richtiger Gentleman der alten Schule. Weißt du was, Kathleen, könntest du mich nicht mitnehmen, denn sein Sohn Lon wollte mir unbedingt das Resort zeigen und da ich ungern sein Angebot abgelehnt habe, möchte ich mein Versprechen so schnell wie möglich einlösen. Ich fahre dich und du darfst den feinen Champagner genießen."

„Einverstanden", erwiderte Kathleen lachend, „aber mit dem Alkohol werde ich mich mäßigen, sonst verfalle ich dem alten Charme von Gillian noch und das wäre nicht so gut, da unsere Beziehung immer noch an einem seidenen Faden hängt."

Das Abendessen wurde auf Mitte der Woche festgesetzt. Citlali und Kathleen hatten sich dezent, aber hübsch gekleidet. Vor dem Eingang des exklusiven Hotels übergaben sie die Schlüssel einem Bediensteten und traten in die Lobby. Kronleuchter prangten an der Decke und mitten in der Halle plätscherte ein Springbrunnen. Gillian und sein Sohn Lon hatten die Damen schon erwartet und traten ihnen freudestrahlend entgegen. Eine Führung durch den Wellnessbereich, den überdachten Swimmingpool und die Dachterrasse bis zum Speisesaal rief tiefe Bewunderung bei den Damen hervor. „Wir Gardener Frauen werden uns bald einen Wellnesstag hier leisten, nicht wahr, Citlali?"

Beeindruckt schaute die junge Frau sich um. Nicht dass der Luxus für sie fremd gewesen wäre, doch die Bauweise mit dem vielen Holz und den Natursteinfliesen gaben dem Hotel ein warmes, rustikales Ambiente. Lons Blick haftete wie eine Klette auf der hübschen Texanerin und hinterließ in Citlali einen fahlen Beigeschmack. Sie hasste diese lüsternen Blicke, die auf ihren wohlgeformten Rundungen hafteten. Auch wenn sie ein weites Faltenkleid angezogen hatte, das ihr bis zu den Knien reichte, und mit einem Gürtel die schlanke Taille betonte, war ihre goldene Haut ein besonderer Blickfang für die weißen Männer. Gemeinsam saßen sie an einem mit Kerzen erleuchteten Ecktisch und genossen das Beste vom Besten. Die Erzählungen von Kathleen und Gillian, die gemeinsam hier aufgewachsen waren, hoben die Anspannung.

„Wie geht es deinen Schwestern, Gillian?"

„Miriam ist in Idaho glücklich verheiratet mit einem Rancher und stolze Großmutter von sechs Enkelkindern. Beth lebt in Vancouver, auch verheiratet mit einem Hotelbesitzer, hat jedoch keine eigenen Kinder."

„Weißt du noch, wenn wir gemeinsam im Sommer ein Picknick unternommen haben? Du kamst mit der Kutsche und deinen Schwestern im Schlepptau, während Sam und ich zu Pferd ritten. Wir haben Fische gefangen und sie auf dem Feuer gebraten. Mit dem Gewehr zielten wir auf alte Büchsen, und deine Schwestern haben wir mit Wasser bespritzt, nachdem sie sich gegenseitig schön frisiert hatten."

Gillian lehnte sich im Stuhl zurück und gab ein tiefes, rumpelndes Lachen von sich. „Zuhause hat mich mein Vater zur Arbeit verdonnert, weil meine Schwestern sich über uns beschwert haben."

„Bei uns war es nicht besser. Mein Vater war verzweifelt und meinte, dass ich nie einen Mann finden werde, wenn ich mich wie ein Junge benehme."

Zwischen dem Hauptgang und dem Nachtisch zeigte Lon Citlali den Fitnessraum. So waren Kathleen und Gillian für eine kurze Zeit allein. Zuerst schleppte sich die Unterhaltung ein wenig dahin, doch so offen wie Kathleen war, kam sie nach einer Weile auf den Punkt. „Du hast ziemlich schnell nach dem unschönen Vorfall geheiratet. Warst du mit Anny glücklich?"

Gillian sog scharf die Luft ein und seine Nasenflügel bebten leicht, als er zu sprechen begann: „Wie du nun weißt, hat mein Vater die Sache mit uns ziemlich verdreht. Ich war zutiefst verletzt und fühlte mich hintergangen. Anny, eine entfernte Cousine vierten Grades, verbrachte den Sommer bei uns und himmelte mich an. Ja, vielleicht auch meinen Reichtum. Wir beschlossen zu heiraten. Das war keine gute Idee. Schon bald bemerkte ich ihre krankhafte Eifersucht. Ich war nicht fähig, ihr mehr zu geben als den Respekt, der ihr gebührt. Sie glaubte, dass ich sie mit anderen Frauen hinterging, dabei war ich ihr die ganzen acht Jahre bis zur Scheidung treu. Als Lon zur Welt kam, dachte ich, es würde besser werden, doch Anny hat den Sohn so verwöhnt, ihm alles durchgelassen, dass wir ständig im Streit miteinander waren. Nach der Scheidung, die mich ziemlich viel Geld gekostet hat, zog sie mit Lon ins Elternhaus nach Helena zurück. Lon verbrachte die Sommerferien bei mir, und ich versuchte, ihm in dieser Zeit gewisse Anstandsregeln und die Disziplin für die Arbeit mitzugeben. Und du, warst du glücklich mit Tex Morena?"

Kathleen faltete die Hände und starrte gedankenversunken darauf. Ein Seufzer entrang sich ihr: „Ich arbeitete als Gesellschafterin für seine kranke Frau und als sie starb, kamen wir uns näher. Wie du weißt, war der Ölbaron viel älter als ich. Tex war ein netter, liebenswerter Mann, hatte ein großes Herz und einen witzigen Humor. Er hat mich verstanden und ich habe mich ihm geöffnet. Die Jahre mit ihm haben mich aus der Traurigkeit befreit. Zusammen sind wir viel gereist und haben schöne Dinge erlebt, bis er letztes Jahr plötzlich an einem Herzinfarkt starb." Eine Träne rollte über ihre Wange und schnell wischte sie Kathleen mit dem Handrücken weg. Gillian drückte Kathleen sanft die andere Hand und wusste, dass er sehr behutsam mit dieser Frau umgehen musste. So fanden Citlali und Lon die beiden vor. Die Jungen aßen eine Nachspeise, während Gillian sich einen Kaffee bestellte und Kathleen einen Tee zu sich nahm. Beim Abschied bedankte sich Kathleen und meinte: „Eine indianische Weisheit sagt: Der Frieden stellt sich niemals überraschend ein. Er fällt nicht vom Himmel wie der Regen. Er kommt zu denen, die ihn vorbereiten."

Gillian drückte ihre Hand sehr lange, schaute in die blauen leuchtenden Augen der Frau, an die er sein Herz in jungen Jahren verloren hatte. „Kathleen, wir werden den Frieden schon bald gefunden haben. Da bin ich mir sicher."

Auf der Heimfahrt brach Citlali das Schweigen. „Ein wirklich beeindruckender Mann, dieser Gillian Logan."

„Der Einzige, der mir die Seele stehlen kann." Die typische Antwort von Kathleen ließ Citlali schmunzeln. „Wie war es mit Lon?"

Bei dieser Frage verzog sich ihr Gesicht jedoch zu einer Grimasse und sie antwortete, während ihr Blick aufmerksam auf die dunkle Straße gerichtet war: „Der ist noch ein größerer Macho als Ronj. Er tat so wichtig mit den Fitnessgeräten, dass es mir fast übel wurde. Seine Demonstrationen haben mich überhaupt nicht beeindruckt und seine schleimigen Berührungen gingen mir auf den Keks." Auch wenn Citlali sich äußerlich völlig souverän und selbstsicher gab, bebten ihre Nervenstränge innerlich, als hätte sie Stromschläge erhalten. Die stickigen Angstgefühle konnte sie nur mit Mühe unterdrücken und die Kehle fühlte sich staubtrocken an. Ein schneller Abschiedskuss und eine liebevolle Umarmung von Kathleen beruhigten ihre Seele ein wenig. Es war spät und im Haus schliefen schon alle. Citlali hüllte sich wie ein Kokon in die Decke, um der eisigen Kälte in ihrem Inneren zu entrinnen. Es war ein langer anstrengender Tag gewesen und ihre Gedanken schweiften zu Orendo. Morgen würde sie mit ihm wieder einen Ausritt machen und die Freude darauf lullte sie schließlich in einen tiefen Schlaf.

Wieder kehrte der Traum aus ihrem Unterbewusstsein an die Oberfläche und ließ sie angstverzerrt erwachen. Dieses Mal hatte sie in ihrer Panik laut geschrien. Ronj, nur in Boxershorts bekleidet, stand mit zerzausten Haaren vor ihrem Bett und rief besorgt ihren Namen. Dann eilten Kathleen, Aiana und Sam herbei. Die beiden Frauen hielten liebevoll ihre Hände und versuchten die aufgebrachte Citlali zu beruhigen. Aus dem Schlaf gerissen, zitterte die junge Frau am ganzen Leibe. Kalter Schweiß rann ihr über die Stirn und der Atem kam nur stoßweise. Die sanften Stimmen holten sie zurück in die reale Welt. Citlali hielt sich beschämt die Hände vor das blasse Gesicht, um vor den anderen ihren schmerzverzerrten Ausdruck zu verbergen. Aianas ausgeprägter mütterlicher Instinkt war sich der Qual der jungen Frau bewusst. Sie schickte die Männer in die Küche, um einen Beruhigungstee aufzubrühen. Kathleen holte wenig später das heiße Getränk. Kurz darauf setzte sie sich zu ihrem Bruder und dem Neffen an den Tisch, während Aiana bei Citlali blieb und sie tröstend in den Armen wiegte.

Kathleen offenbarte den Männern den Grund für die immer wiederkehrenden Albträume ihrer Nichte. „Als Citlali zehn Jahre alt war, wurde ein entfernter Cousin ihres Vaters, der oft bei ihnen zu Besuch weilte, vor den Augen des armen Mädchens ermordet. Noch heute weigert sie sich, über diese grausame Nacht zu sprechen. Damals konnte die Polizei den Fall nicht abschließen. Den Mörder hat man nie gefunden. Man glaubte, dass es ein Einbrecher war, der von den beiden in der Küche überrascht wurde. Citlali musste unter dem Toten gelegen haben, der mit einem Küchenmesser erstochen wurde. Das schreckliche Ereignis verfolgt Citlali noch immer in den Träumen. Leider schweigt sie über das Geschehene und verweigert starrköpfig, mit jemandem darüber zu reden." Seufzend nippte Kathleen an einer heißen Tasse Tee und ihr Blick, von einer tiefen Traurigkeit verhangen, starrte besorgt ins Leere. Nicht einmal zu ihr hatte das arme Wesen Zutrauen gefasst, um endlich den Horror dieser Nacht nicht mehr allein tragen zu müssen.

Sam legte seiner Schwester behutsam die Hand auf die Schulter und meinte zuversichtlich: „Unsere Familie wird ihr guttun. Wir werden Citlali Geborgenheit und Sicherheit geben. Der Abstand zu Texas wird ihr helfen, die Situation zu verarbeiten. Wenn die Zeit reif dafür ist, wird sie sich uns anvertrauen. Da bin ich mir sicher." Kathleen seufzte und erinnerte sich schmerzhaft an ihre eigene Vergangenheit. Noch jetzt versuchte sie, die Scherben einzusammeln. „Ich werde noch einmal nach ihr schauen", gestand sie erschöpft und erhob sich schwerfällig aus dem Stuhl.

Aiana sprach beruhigend auf Citlali ein: „Möchtest du über deinen Traum sprechen?" Citlali zitterte noch immer am ganzen Körper, schüttelte jedoch den Kopf und Aiana strich ihr über das dunkelbraune gewellte Haar, das ihr zerzaust um ihr hübsches Gesicht fiel. Die sonst so dunkle Haut wirkte blass und das Kerzenlicht flackerte in dem warmen Braun der vom Entsetzen weit geöffneten Augen. Aiana konnte die Angst in der Luft riechen. Was dem armen Geschöpf widerfahren war, schwebte wie ein dunkles Gebilde im Raum. Während Citlali mit zitternder Hand an der Tasse nippte und das Getränk ihren Körper von innen her erwärmte, kehrte langsam wieder Ruhe in ihre Seele zurück. Aiana zündete Weihrauch an und schritt mit dem Gefäß durch den Raum. Dabei murmelte sie indianische Gebete, die sich wie der herbe Duft im Raum verteilten. Das Ritual sollte die düsteren Schatten der Vergangenheit vertreiben.

Kathleen trat leise in den Raum, nahm Citlali in ihre Arme und küsste sie sanft auf die Wange. „Geht es meiner Kleinen besser oder soll ich die Nacht bei dir verbringen?"

Citlali schüttelte den Kopf und ihre Stimme, rau vom Schreien und Schluchzen, drang leise und stockend an Kathleens Ohren: „Es geht mir viel besser. So schlimm waren die Träume schon lange nicht mehr. Vielleicht werden sie bald für immer aus meinem Leben verschwinden." Wie sehr hatte Citlali sich dies immer gewünscht. Als Kind hatte man ihr Baldrian für die Nacht gegeben, um sie zu besänftigen. Heute war sie eine fast erwachsene Frau. Sie würde wohl die Nacht überstehen, wie so viele davor. Als Kathleen gegangen war, verabschiedete sich auch Aiana. „Bewahre die Wärme der Sonne im Herzen, und der große Geist wird bei dir sein."

Ronj blieb allein in der Küche zurück. Seine Gedanken weilten bei Citlali. Die Tragödie, die Kathleen erzählt hatte, ging ihm sehr nah. Endlich wurde ihm bewusst, weshalb diese junge Frau so aufbrausend auf seine Anspielungen reagierte. Nur zu oft hatte er Citlali als reiche, verwöhnte Tochter und unreife Frau abgetan. Deshalb quälten ihn plötzlich Schuldgefühle und er fand einfach keinen Schlaf. Diese junge Frau musste als Kind Schreckliches erlebt haben. Ronj zog sich die Jeans an und schlüpfte in sein halb zugeknöpftes Hemd. Dann überquerte er den Korridor und klopfte leise an Citlalis Tür. Da ihm niemand antwortete, trat er zögernd ein. Es roch stark nach Weihrauch und überall brannten Kerzen. Der sternförmige Traumfänger bewegte sich mit den Flammen in einem rhythmischen Tanz. Citlalis lange Wimpern beschatteten die geschlossenen Augen, während sich ihre Brust zu den regelmäßigen Atemzügen hob und senkte. Ihr Anblick versetzte Ronj in einen Zustand völliger Entzückung. Tief in sich spürte er eine ihm unerklärliche Sehnsucht nach dieser jungen Frau. Wann immer er in Citlalis Nähe war, beschlich ihn eine ungewollte Hitze, die er nicht kontrollieren konnte. Diese verzerrende fiebrige Wallung breitete sich in seinem ganzen Körper aus. Eine außergewöhnliche Magie berührte dabei sein Herz und ließ ihn bis ins Innere erbeben. Citlalis entspannte Gesichtszüge ließen sie noch jünger erscheinen. Der plötzlich aufsteigende Urtrieb, dieses Wesen beschützen zu wollen, erfasste Ronj wie ein Blitz aus heiterem Himmel. Er setzte sich auf den Stuhl in der Ecke und wachte die restliche Nacht über ihre Träume.

Citlali driftete langsam aus ihrem erregenden Traum in die Realität. Noch spürte sie die heißen Küsse von Ronj auf ihrer Haut und ein unkontrollierter leiser Seufzer entrang sich ihr, während sie sich genießerisch dazu reckte. Bisher hatte noch nie ein Mann in ihren Träumen eine Rolle gespielt. Ronj war das erste männliche Wesen, zu dem sie sich sehr hingezogen fühlte. Der Cowboy hatte eine Art, die ihr unter die Haut ging und sie die tiefgründige Angst beinahe vergessen ließ.

Blinzelnd hob sie ihre vom Schlaf verhangenen Augenlider und blickte in den noch halbdunklen Raum. Der Geruch von abgebrannten Kerzen und ein Hauch von Weihrauch schwebten in der kühlen Luft. Als spürte sie seine Nähe, glitt ihr suchender Blick durchs Zimmer. Lässig in den Stuhl gelehnt, die langen Beine von sich gestreckt, beobachtete Ronj jede ihrer Bewegungen. Citlali zuckte zusammen und setzte sich abrupt auf. Die Decke bis unter den Hals gezogen, starrte sie auf den Mann, dessen blaue Augen in der Morgendämmerung sehr dunkel wirkten. Sein Mund verzog sich zu einem schrägen Lächeln und der sonst so selbstbewusste Cowboy wirkte fast ein wenig verlegen.

„Was machst du hier?"

Langsam stand Ronj auf, streckte seine steifen Glieder und näherte sich dem Bett. Als wäre es ganz selbstverständlich, setzte er sich zu Citlali auf den Bettrand. „Ich habe Wache gehalten, damit dein Albtraum dich nicht wieder gefangen nimmt."

Einen Augenblick schienen die braunen Augen sich ein wenig zu vergrößern und eine leichte Röte verteilte sich auf Citlalis Gesicht, denn sie dachte gerade an den süßen Traum zurück, der noch jetzt ihren Unterleib erhitzte und ihre Haut erglühen ließ.

„Du brauchst keine Angst mehr zu haben. Wenn dich das nächste Mal ein Albtraum heimsucht, rufst du mich und ich werde bei dir bleiben." Sanft hob Ronj mit seinen rauen Händen ihr Kinn so an, dass sich sein Atem warm auf ihren Wangen verteilte. Die Blicke verschmolzen ineinander und für einen Augenblick vergaßen sie Zeit und Raum. Der Kuss, der sie vereinte, war zuerst sanft und zögernd. Doch als Citlali ihm

Einlass gewährte, entflammte ein heißer Tanz der Begierde. Die wenigen Küsse, die Citlali mit Männern geteilt hatte, waren nur ein leichtes Berühren der Lippen gewesen, das sie meist sofort beendet hatte, doch die intime Vereinigung mit diesem Mann übermannte sie mit einer glühenden Leidenschaft, die beiden den Atem nahm. Ronj schob sie langsam von sich. Seine Hände zitterten leicht, als er sich von ihr löste, und sein Körper glühte wie ein brennender Holzklotz. Als er endlich sprechen konnte, entrang sich seiner Stimme nur ein raues Murmeln: „Ich muss jetzt zur Arbeit gehen." Er stand auf und verließ fluchtartig das Zimmer.

Noch nie hatte sich Citlali so zu einem Mann hingezogen gefühlt. Den ganzen Tag schwebte sie in einem Freudentaumel und versprühte dabei ihre gute Laune um sich. Die junge Frau half im Laden aus, da Lakota ihren Einkauf von Heilkräutern im nahen indianischen Reservat tätigte. Am Abend erschien Ronj nicht beim Abendessen und den folgenden Tag wich er ihr aus, wo er nur konnte. Eine schreckliche Ahnung überkam Citlali. Vielleicht waren seine Gefühle für sie nur freundschaftlicher Natur gewesen und die Leidenschaft, die sie spürte, nur einseitig gewesen. Citlali musste unbedingt mit Ronj darüber sprechen, bevor sie ihr Herz noch vollends an den Mann verlor. Auch am Freitag erschien er nicht zum Abendessen und als sie nach ihm fragte, gab man ihr zur Antwort, dass morgen sein freier Tag sei und er sich mit Freunden zum Billard traf. Plötzlich kam Citlali der Gedanke, dass er vielleicht in einer Beziehung steckte. Sie beschloss nun endlich, die Bar, in die Ronj sie nie mitnehmen wollte, zu besuchen, um mehr herauszufinden. Citlali zog ihre besten Jeans an und dazu eine mit Perlen bestickte Jacke. Ihre auf Hochglanz polierten Cowboystiefel klapperten auf den Fliesen, als sie zur massiven Eingangstür schritt. Dort hing der

Autoschlüssel an einer geschnitzten Hängeleiste. Sie ergriff ihn und rief in den Salon: „Ich brauche ein bisschen frische Luft." Citlali hatte keine Lust, Fragen zu beantworten, und sprintete hinaus zum alten Pick-up. In etwa wusste sie, wo die berüchtigte Bar lag. Als sie den Vorplatz erreichte, standen schon einige Fahrzeuge auf dem Kiesplatz. Sie parkte den Wagen und blieb noch eine Weile sitzen. Citlalis Herz klopfte viel zu schnell und ihre Hände lagen feucht auf dem Steuerrad. Wenn Ronj nun da drin mit einer Frau zusammen war? Was würde sie tun? Einfach so, als wäre sie eine gute Bekannte und sich einen Drink besorgen. Wenn sie Glück hatte, wäre sogar jemand bereit, ihr einen Drink zu spendieren. Drei tiefe regelmäßige Atemzüge beruhigten ihre angespannten Nerven. Den Rücken durchgestreckt, stieg Citlali aus. Dann streifte sie ihre feuchten Hände an den Jeans ab und hängte sich die kleine Tasche über die Schultern. Der Kies knirschte unter der Stiefelsohle, als sie mit großen Schritten auf den Eingang zuschritt, wo ein greller Schriftzug blinkte.

Ronj war seit dem Kuss nicht mehr er selbst. Der redegewandte, selbstsichere Cowboy war völlig durcheinander. In Citlalis Nähe verkrampfte sich sein Magen und sein Herz fing an zu rasen. Dies wiederum ärgerte ihn, und seine Übellaunigkeit, die nun schon seit Tagen andauerte, bekamen seine Arbeiter zu spüren, was ihn noch mehr zu ärgern schien. Um sich von der Ranch fernzuhalten, machte er die Besorgungen selber. Er freute sich auf seinen freien Abend und auf das Billardspiel mit seinen Freunden. Die würden ihn schon auf andere Gedanken bringen. Ja, vielleicht war ja Becky anwesend. Mit ihren scharfen Rundungen würde sie ihm ein wenig Ablenkung verschaffen und er würde wie üblich ein wenig mit der Frau flirten. Frisch geduscht, mit sauberen Jeans und einer schwarzen bestickten Weste, unter der er ein weißes Hemd trug, betrat er seine bevorzugte Bar, wo seine Kollegen bereits an einem Bier nippten und mit einer Runde Billard angefangen hatten. An der Bar lächelte ihm Becky entgegen und straffte ihre enge Bluse, indem sie ihren großen Busen präsentierte. Die obersten Knöpfe halb geöffnet, sodass jeder Mann einen Blick auf ihre großzügige Oberweite werfen konnte.

„Hallo Ronj"; zwitscherte sie mit ihrer hohen Stimme und ihre roten vollen Lippen spitzten sich zu einem andeutenden Kuss.

Ronj verspürte einen widerwärtigen Schauder bei ihrem Anblick. Wie konnte ihn nur eine solche Frau je anziehen. Becky versuchte, jeden Cowboy in der Umgebung ins Bett zu locken. Je mehr Geld dahintersteckte, umso hartnäckiger benahm sie sich. Ronj nickte ihr kurz zu und bestellte sich ein Bier. Jack, der Inhaber der Bar, war ein tätowierter, muskulöser, kahlköpfiger Hüne. Den rotbraunen Vollbart schmückte ein kleiner geflochtener Zopf, der beim Reden hin und her wippte. Nachdem Ronj sich das Bier geschnappt hatte, schlenderte er zu seinen Kumpels. Angelehnt an der Ecke des Billardtisches nahm er gerade einen großen Schluck aus seiner Bierflasche, als sich alle Köpfe der Spieler synchron dem Eingang zuwandten. Aus den Lautsprechern ertönte gerade laute Countrymusik, doch für Ronj schien das im Moment nur ein entferntes Rauschen in den Ohren zu sein. Seine Flasche saugte sich an seinen Lippen fest und beinahe vergaß er zu schlucken. Citlali stand mitten im Raum, ihre kastanienbraunen langen Haare, die sie offen trug, glänzten im schummrigen Licht. Die Haut, die noch dunkler wirkte, ließ ihre ebenmäßigen Zähne, die sich bei ihrem Lächeln zeigten, weiß aufblitzen. Den Blick gezielt auf Ronj geheftet, schritt sie durch den Raum auf ihn zu.

„Was machst du hier?" Seine Frage blieb ihm fast in der Kehle stecken und zwischen seinen buschigen Brauen zeichnete sich eine tiefe Falte ab. Seine Freunde schubsten ihn an und plötzlich war um ihn herum der Teufel los. Alle redeten durcheinander. „Ronj, wo hast du nur deine Manieren gelassen." „Willst du uns der hübschen Frau nicht vorstellen?" „Lady, darf ich Sie zu einem Drink einladen?"

Citlali, immer noch lächelnd, reichte allen die Hand, stellte sich als seine entfernte Cousine vor und ließ sich eine Cola spendieren. Dann wandte sie sich erneut Ronj zu: „Ich möchte mit euch eine Runde Billard spielen."

„Das kommt nicht in Frage. Dieses Spiel ist nur für Männer", erklärte er ärgerlich und fühlte sich von ihr in die Enge getrieben.

Citlali pikste Ronj mit dem Finger in die Brust und verzog die Lippen zu einem Schmollmund: „Hör mal, haben wir das Thema noch nicht abgehakt? Wir leben im einundzwanzigsten Jahrhundert und dazu gehört die Gleichberechtigung."

Seine Kumpels erkannten den fremden Dialekt in Citlalis Stimme und kamen ihr sofort zu Hilfe. „Ronj, natürlich darf die texanische Lady mitspielen. Es ist uns eine große Ehre." Und schon bekam sie den Queue hingestreckt.

Ronj schüttelte verächtlich den Kopf, forderte eine zweite Flasche Bier und brummelte: „Du kennst doch nicht einmal die Regeln."

Citlali hängte ihre Tasche an die Stuhllehne und machte einen provozierenden Schritt auf Ronj zu. „Du hast völlig vergessen, dass ich viele männliche Cousins besitze, die mir beigebracht haben, wie dieses Spiel funktioniert." Gelassen rieb sie die Kreide an der Spitze und beugte sich dann graziös über den Tisch, um die Kugeln auseinanderzuschlagen. Eine nach der andern versenkte sie in die Löcher. Ein großer Applaus von Seiten der Zuschauer brach los. Nun war die ganze Aufmerksamkeit in der Bar auf Citlali gerichtet. Darunter befand sich auch Lon Logan, der sie keinen Augenblick aus den Augen ließ. Seine Begierde nach dieser Frau grenzte schon fast an Besessenheit. Der reiche Sohn hatte stets bekommen, was er wollte, und er wollte diese Frau besitzen. Koste es, was es wolle. Citlali gehörte ihm, nur ihm allein.

Als Citlali ihr Match beendet hatte, übergab sie Ronj den Queue mit einem überheblichen Schmunzeln auf dem Gesicht. Natürlich musste der Cowboy die Aufforderung annehmen. Seine Freunde klopften ihm aufmunternd auf die breiten Schultern. Ronj war gut und das Match endete mit einem Unentschieden. Citlali forderte ihn zu einem neuen Duell heraus. Wieder rollten die Kugeln in die vorgegebenen Lochungen und ihr Vorteil lag darin, dass Ronj schon sein drittes Bier trank, Citlali hingegen nur Cola zu sich nahm. Langsam wurde es stickig heiß in dem Raum, und als Citlali ihre Jeansjacke ablegte, trug sie nur noch einen engen kurzen Pullover. Bei jeder ihrer Bewegung sah man die dunkle glatte Haut hervorlugen und die engen Jeans betonten den runden, knackigen Po. Ronj bemerkte die heißen Blicke der umstehenden Männer auf Citlali und aufsteigende Wut nahm Besitz von ihm. Der junge Mann war so abgelenkt und er konnte kaum seine Hände ruhig behalten. Das Match war nun an ihm. Er verfehlte bereits den dritten Ball. Der Anblick von

Lon, der Citlali einen harten Drink spendierte und seine Hand besitzergreifend auf ihren Rücken legte, ließen ihn die Fassung endgültig verlieren. Wütend schlug er mit der Faust auf den Tisch, dass die Kugeln nur so hüpften, und gab auf.

Becky, die in seiner Nähe gestanden hatte, schlang die Arme um seinen Hals und klimperte dabei mit ihren falschen Wimpern. „Hey, Süßer, für mich bist du immer noch der Größte und Beste hier in dem Ort." Wie eine Klette klammerte sich Becky an ihn und drückte ihren Busen an seine Brust. Citlali wurde von dem Anblick so abgelenkt, dass sie nicht einmal die körperlichen Annäherungsversuche von Lon wahrnahm. Sie kippte den Whisky in einem Zug hinunter. Das feurige Brennen die Halsröhre hinunter spürte sie kaum und sogar die Hitze, die sich im Magen verbreitete, empfand sie als angenehm. Ihre Enttäuschung Ronj gegenüber versuchte sie zu verbergen. Wie konnte sie den Kerl nur so falsch einschätzen. Die Frau an seiner Seite war ja ein richtiges Betthäschen und sicher eine seiner Freundinnen. Ekel über die Männer und vor sich selbst überkam sie. Lon nutzte den Augenblick aus und riss Citlali an sich. Der feuchte Siegerkuss, der ihr aufgezwungen wurde, gab ihr den Rest. Sie stieß Lon wütend von sich. Dann ergriff sie ihre Jacke und die Tasche und verließ hastig die Bar. Draußen musste sie zuerst die kühle Nachtluft einatmen, um ihre Verärgerung zu dämmen. Schließlich schritt sie eilig zum alten Pick-up. Ihre Hände wühlten in der Tasche nach dem Autoschlüssel und endlich fühlte sie den kühlen Gegenstand zwischen den Fingern. Gerade als sie ihn herausgezogen hatte, vernahm sie knirschende Schritte auf dem Kies. Eine große Person näherte sich ihr und warf einen bedrohlichen Schatten auf die Tür des Fahrzeuges. Mit vor Entsetzen aufgerissenen Augen drehte sich Citlali langsam um. Die Schlüssel fielen ihr aus der zitternden Hand. Vor ihr stand Lon. Auf seinem Gesicht zeigte sich ein amüsiertes Grinsen.

„Hey Süße, du willst doch sicher nicht allein nach Hause gehen?"

Citlali brachte kein Wort heraus. Der eiserne Griff seiner großen Hände, die sich um ihre Oberarme legten, ließen sie nach Luft japsen. Die Panik, die Citlali erfasste, kannte sie nur allzu gut aus ihren schrecklichen Albträumen. Ein roter Schleier umnebelte ihre Sicht. Der heisere Schrei erstickte in der Kehle und es entrang sich ihr nur ein raues Krächzen. Vor Angst erstarrt blieb sie regungslos stehen und brachte kein Wort hervor.

Da wurde Lon plötzlich am Kragen nach hinten gerissen. Ronj zischte mit gefährlich leiser Stimme: „Lass Citlali in Ruhe oder du wirst es bereuen." Er schubste den überraschten Lon ziemlich heftig an das nächste Auto und wandte sich dann verärgert Citlali zu: „Ich bringe dich jetzt nach Hause, wo du hingehörst." Mit grimmiger Miene nahm er die Schlüssel vom Boden auf, öffnete die Türe und hob die zitternde Citlali auf den Sitz.

Lon, der sich in der Zwischenzeit wieder gefasst hatte, brüllte hochgradig verärgert: „Wir werden den Vorfall noch miteinander klären, Gardener."

Ronj antwortete nicht darauf. Seine Kiefermuskeln spannten sich an, als er den Motor startete und mit quietschenden Reifen davonraste. Auf dem Heimweg sprach er kein Wort. Citlali versuchte verzweifelt die Tränen zurückzuhalten. Die Panik wich langsam von ihr und an ihre Stelle rückte der Stolz in den Vordergrund. Auf keinen Fall wollte sie Ronj ihre Schwäche zu erkennen geben. Zuhause angekommen, stieg sie schon aus, bevor der Motor verstummt war. Mit letzter Kraft rannte sie die Treppe hinauf und verschwand in ihrem Zimmer, wo sie ihre Schluchzer im Kissen zu ersticken versuchte. Es war schon spät und alle schliefen. Citlali hoffte, dass Ronj niemanden von diesem Vorfall erzählen würde. Völlig erschöpft fiel sie in einen traumlosen Schlaf.

Der Morgen begann zu dämmern, als Citlali erwachte. Ihre Glieder fühlten sich bleischwer an, als hätte sie gestern einen Marathon vollbracht. Die Verkrampfung versuchte sie mit Dehnübungen zu lockern. Die Vergangenheit krallte sich in ihr Bewusstsein. Mit den schrecklichen Erinnerungen und den wiederkehrenden Ängsten musste sie endlich lernen zu leben. Die gestrige Panikattacke versetzte Citlali in eine missmutige Stimmung. Zusätzlich beschämte sie die Situation, von Ronj wie ein kleines Kind getadelt zu werden. Ärger fing an, im Innern zu brodeln. Am liebsten würde sie dem Kerl den Kopf abreißen. Ronj, der sich mit so anzüglichen Frauen herumtrieb, hatte kein Recht, sie zu verurteilen, auch wenn sie ihm Dank schuldete. Die Situation mit Lon hatte er wie ein richtiger Cowboy gemeistert. An seinem freien Tag schlief er meistens, was sie ungeheuerlich erleichterte. Citlali wollte zu den Stallungen und mit Orendo ausreiten, ohne ihm eine Erklärung abgeben zu müssen. Im Moment brauchte sie Zeit, um ihr inneres Gleichgewicht wieder zu sammeln. So zog sich Citlali zielstrebig an, schlüpfte im Vorraum der Waschküche in ihre Reitstiefel und die dicke Schaffelljacke. Es war Ende November und in Montana gab es zu dieser Jahreszeit sogar reichlich Schnee. Leise, um niemanden im Haus zu wecken, ließ sie den Truck vom Kiesplatz rollen und stellte den Motor erst an der Straße an. Die Fahrt dauerte etwas länger, denn durch die dünne Eisschicht an den Scheiben konnte Citlali die Straße kaum erkennen. Die Heizung voll aufgedreht, hielt sie das Schritttempo bis zu den Stallungen bei. Dort sattelte sie ihren Schimmel, zog die Handschuhe über und zurrte die lustige, bunte Strickmütze mit den gedrehten Bändern fest. Nodin kam ihr mit einem gefüllten Hafersack entgegen und begrüßte sie freundlich. Auch Orendo bekam eine kurze Streicheleinheit.

„Wie geht es Lilian?", fragte Citlali und Nodins dunkle Augen begannen zu strahlen. „Sie wollte unbedingt mitkommen, doch ich habe mich auf leisen Sohlen aus dem Haus geschlichen. Sie braucht in ihrem Zustand viel Schlaf."

Citlali konnte ein Lächeln nicht verbergen. Die zwei erwarteten im Frühling ihr erstes Kind. Wie schön war es doch, von einem Mann so tief und fürsorglich geliebt zu werden. Nur leider gab es zu wenig solche treuen Seelen. Seufzend stieg sie auf den großen Hengst auf, der schon erwartungsvoll herumtänzelte und durch die Nüstern schnaubte. Um das Pferd zuerst aufzuwärmen, begann der Ritt im Schritttempo. Der Boden war gefährlich rutschig und Orendo trug Stollen, um einer Verletzung vorzubeugen. Der Himmel war bedeckt mit schweren hellgrauen Wolken. Bald würden sie noch weiteren Schnee ausschütten. Doch Citlali achtete nicht darauf, sondern hing ihren eigenen Gedanken nach.

Lon, der gestern so stinkwütend war und viel zu viel über den Durst getrunken hatte, erwachte am frühen Morgen durch das Klingeln seines Telefons. Sein Kopf brummte und seine Laune war im Augenblick miserabel.

„Logan. Was gibt's?" Die Stimme vom Rauchen kratzig und vom Alkohol ausgetrocknet wirkte noch tiefer als sonst. Am anderen Ende ertönte die Stimme eines jungen Mannes.

„Mister Logan. Ich bin es, Steven Connor." Steven war vor ein paar Wochen auf der Gardener Ranch eingestellt worden und Lon zahlte ihn dafür, dass er ihm Informationen über Citlali lieferte. „Miss Morena ist soeben Richtung Green Horn ausgeritten. Die Gegend grenzt an ihr Land. Ich wollte Sie nur informieren."

„Danke Steven", brummte Lon, legte auf und ging unter die Dusche.

Ronj verbrachte eine unruhige Nacht. Viel zu spät war er gestern nach Hause gekommen. Das viele Bier, das er getrunken hatte, war schuld an seiner heutigen körperlichen Verfassung. Dazu kam die gestrige unangenehme Unterredung mit Becky dazu. Ronj bat sie, ihre Annäherungsversuche endgültig zu unterlassen. Das Gespräch endete am Schluss in einem Desaster. Die weinende Becky ließ sich kurz danach vom reichen Sprössling Lon Logan trösten, der sie abholte und nach Hause brachte. Noch nie hatte Ronj sich so aufgewühlt gefühlt. Seine Gedanken wurden von Citlali beherrscht und das beängstigte ihn. Wie gerne hätte er sie gestern getröstet. Dass sie die Tränen mit aller Gewalt zurückgehalten hatte, war ihm nicht entgangen. Als er später nach ihr gesehen hatte, schlief sie angezogen auf dem Bett. War er vielleicht zu hart mit ihr gewesen? Genau weil er wusste, dass alle Männer um ihre Gunst buhlten, wollte er nicht, dass sie die Bar besuchte. War das Eifersucht, was an ihm nagte? Dieses Gefühl kannte er bis jetzt nicht. Wenn Citlali gestern auf dem Parkplatz nicht seine Hilfe gebraucht hätte, wäre eine gewaltige Prügelei zwischen Lon und ihm unvermeidbar gewesen. Er mochte diesen Typ noch nie leiden und musste sich eingestehen, dass er nur Citlali vor ihm verteidigen wollte. Doch diese attraktive Mexikanerin war nicht einfach eine Frau. Ronj mochte Citlali vom Wesen her und zwar mehr, als ihm eigentlich lieb war. Dies wiederum machte ihn total konfus. Sein zerknittertes Aussehen ließ Aiana erstaunt aufblicken, als Ronj gedankenversunken in die Küche schlenderte. Im Allgemeinen war ihr jüngster Stiefsohn eine fröhliche, umgängliche Person, doch seit einigen Tagen wirkte er zerstreut und abgelenkt. Aiana schenkte ihm eine Tasse Kaffee ein und richtete Rührei und gebratenen Speck auf einer Platte an. Ein Krug Orangensaft stand bereits auf dem Tisch und die Käseplatte war mit frischem Obst gespickt.

„Komm, setz dich", forderte Aiana Ronj freundlich auf. „Die Erde ist unsere Mutter, sie nährt uns. Was wir in sie hineinlegen, gibt sie uns zurück." Nur zu gut bekannt waren ihm die indianischen Weisheiten seiner Stiefmutter. Die Zweideutigkeit dieser Worte erwärmte sein Herz und dankend schenkte er ihr ein Lächeln. Aiana lächelte zurück und schob ihm einen gefüllten Teller zu. „Wir müssen von Zeit zu Zeit eine Rast einlegen und warten, bis unsere Seelen uns wieder eingeholt haben." Sie strich ihm liebevoll über das zerzauste Haar und küsste ihn auf den Scheitel. Ronj war noch sehr klein gewesen, als seine Mutter gestorben war. Aiana hatte Sams Söhnen die gleiche Liebe und Zuneigung wie ihren eigenen Kindern geschenkt.

„Mutter, ich kenne niemanden, der ein solch großes Herz besitzt, und dafür liebe ich dich."

Aiana spürte, wie sich Tränen der Rührung in ihren Augen sammelten, und mit belegter Stimme antwortete sie: „Das hast du aber schön gesagt, mein Junge."

Wenig später kam Sam aus seinem Büro, zog schnuppernd den köstlichen Duft ein und meinte: „Das riecht wieder verführerisch. Hast du schon gegessen, Aiana?"

Sie schüttelte den Kopf und goss gerade frischen Kaffee für ihn in eine Tasse. Sam legte von hinten seine Arme um ihre Taille und küsste sie zärtlich auf die Wange. „Gut so, dann genießen wir gemeinsam das Frühstück." Er liebte die morgendlichen Stunden mit seiner Frau, wenn die Hektik des Tages noch nicht begonnen hatte. Ronj spülte sein Geschirr und stellte es in die Maschine. Dann wünschte er seinen Eltern einen schönen Tag und fuhr zu den Stallungen, wo Citlalis alter Truck bereits parkte. Er nahm sich fest vor, sich bei ihr zu entschuldigen. Eine offene Aussprache war nun an der Zeit. Es interessierte Ronj auch, ob Citlali überhaupt tiefe Gefühle für ihn hegte? Die Texanerin sendete so eigenartige Signale aus, die ihn ständig verwirrten. Er hoffte sehr, dass sie nach dem Gespräch ihre Freundschaft vertiefen würden. Seine Seele hatte ihn bereits wieder eingeholt, wie seine Mutter zu sagen pflegte.

Nodin kam ihm mit seinem Hund entgegen. Nashoba begrüßte Ronj stürmisch und gab ein freudiges Jaulen von sich. „Was verschlägt meinen kleinen Bruder an seinem freien Tag zur Arbeit? Mensch, siehst du zerknittert aus." Nodin klopfte seinem Bruder sorgenvoll auf die Schulter und hielt ihn schweigend vor sich, als warte er auf eine Erklärung.

Ronj blickte in die warmen dunklen Augen, die bis in seine Seele blicken konnten, und fragte: „Hast du Citlali gesehen?" Einen kurzen Moment sah Ronj ein Aufblitzen darin.

Nodins Mund verzog sich zu einem schiefen Lächeln. „Sie ist mit Orendo ausgeritten." Mehr sagte er nicht und beobachtete dabei seinen Bruder unter den dichten dunklen Augenwimpern genauestens. Als Nodin sah, wie der ernste Ausdruck aus Ronjs Gesicht langsam verschwand und seine blauen Augen zum Leben erwachten, wusste er mit Sicherheit, dass sein Bruder sein Herz und seine Seele an Citlali verloren hatte.

Citlali ritt im leichten Trab die Anhöhe zum Green Horn hinauf. Das dürre Laub, das vereinzelt auf den harten Schnee gefallen war, knirschte unter den Hufen. Noch hatte es nicht zu schneien angefangen. Vor ihr erstreckte sich eine karge, schneebedeckte Wiese. Der Bach, der sich einen Weg ins Tal schlängelte, gabelte sich in verschiedene Richtungen. Während der warmen Jahreszeiten bedeckten grüne Weideflächen seine Ufer. Die gebogene Form glich dem Horn einer Kuh. Deshalb nannte man den Hügel Green Horn. Das Rauschen des Wassers erinnerte sie an das indianische Sprichwort: „Das echte Gefühl ist wie ein Fluss, der im Sonnenschein dahinfließt und später mit demselben freudigen Murmeln die Dunkelheit der Nacht durchquert." Auch wenn die Sonne nicht schien, erfüllte sie das fließende Wasser mit Energie und Freude. Das Leben ging weiter und sie würde mitgezogen werden mit dem Lebensstrom.

Orendo, der plötzlich nervös zu tänzeln begann, holte sie aus den Gedanken. Ein stinkender Geruch von Abgas stieg ihr in die Nase und Citlali hatte alle Mühe, das kräftige Tier unter Kontrolle zu halten. Sie sprach beruhigend auf den Schimmel ein und suchte die Gegend aufmerksam mit ihren Augen ab. In der Nähe des angrenzenden Waldes sah sie etwas Metallisches aufblitzen. Der Gegenstand war jedoch zu weit entfernt, um ihn zu erkennen. Vielleicht brauchte jemand Hilfe. So beschloss Citlali, näher heranzureiten, und lenkte den äußerst nervösen Orendo mit beharrlichem Schenkeldruck an den Waldrand. Je näher sie dem Gegenstand kam, umso genauer konnte sie das Quad erkennen, der etwas versteckt zwischen einem Lorbeerstrauch und einer Kiefer geparkt war. Citlali stieg vom Pferd und führte Orendo die letzten Meter am Zügel. Der Motor tickte leise vor sich hin und nach der Wärme zu urteilen, die das Quad ausstrahlte, war er erst kürzlich gebraucht worden. Das glänzende vierrädrige Mobil war sehr neu und gehörte nicht den Gardeners. Die Familie besaß zwar vier alte Fahrzeuge, brauchte diese jedoch nur äußerst selten. Wer war zu dieser frühen Morgenstunde denn schon unterwegs? Citlali wollte sich gerade die Nummer merken, als ein Rascheln ihre Aufmerksamkeit erlangte. Aus dem Dickicht trat ein Mann hervor, den Cowboyhut tief in die Stirne gezogen und den Kragen der dunklen Felljacke hochgezogen. In der Hand hielt er ein Gewehr. Der Lauf zeigte jedoch auf den Boden. Erst beim zweiten Blick erkannte Citlali Lon und ein ungutes Gefühl kroch ihr die Wirbelsäule empor.

„Ganz alleine unterwegs, ohne Begleitung?", sprach Lon mit einem Hauch von Ironie in der Stimme. Bevor Citlali die Flucht ergreifen konnte, hatte er schon ihren freien Arm gepackt und zog die vom Schrecken erstarrte Frau an sich. Orendo riss an dem straffen Zügel und bäumte sich auf. Die beiden wurden von der geballten Wucht erfasst und fielen auf den mit Tannennadeln übersäten Waldboden. Der Handschuh samt Zügel war Citlali aus der Hand entglitten. Beim Fall rief sie Orendo auf Indianisch zu: „Lauf!"

Das Pferd wendete und galoppierte davon. Eingeklemmt lag Citlali unter dem schweren Gewicht von Lon auf dem Boden und japste nach Luft. Aus dem verhangenen Himmel fielen dicke Schneeflocken nieder und bedeckten die Erde mit einer neuen Flaumschicht. In der frostigen Stille entwichen ihre keuchenden Atemzüge wie kleine Dampfwolken. Von Panik ergriffen, versuchte sich Citlali zu befreien. Doch je mehr sie sich wand, desto schwerer lehnte sich Lon auf sie. Da blieb ihr nichts anderes übrig, als ihre Kräfte einzudämmen und abzuwarten.

Lon rollte sich kurz darauf von ihr und zog Citlali mit sich auf. „Du fährst mit mir mit dem Quad. Nicht weit von hier steht unsere Jagdhütte."

Das Blut gefror Citlali in den Adern, als sie ahnte, was Lon von ihr wollte. Hilflos vor Angst erstarrt, wurde sie unsanft auf das vierrädrige Fahrzeug gehoben. Eingeklemmt zwischen dem großen Körper und dem Lenkrad erklommen sie einen leicht ansteigenden Hang. Es begann immer heftiger zu schneien und sie kamen nur langsam vorwärts. Die dicken Flocken behinderten die Sicht und deckten die frischen Spuren hinter sich in kurzer Zeit ab. Nach knapp einer halben Stunde erreichten sie eine Waldlichtung, auf der eine kleine Blockhütte stand. Citlali weigerte sich vehement vom Quad zu steigen, doch Lon hob die junge Frau mühelos vom Sitz. Unsanft zerrte er Citlali hinter sich die Stufen hinauf zum Eingang, wo er die junge Frau zwischen sich und dem Holzrahmen einklemmte, um die Tür aufschließen zu können. Es gab nur einen einzigen Wohnraum in der Hütte. Im Inneren roch es muffig und nach abgestandenem Rauch von der Feuerstelle. Ein kleiner runder Tisch mit drei abgenutzten alten Stühlen stand mitten im Raum. Die strampelnde Citlali wurde unsanft auf einen davon geschubst. Dann zog Lon einen Strick aus seiner Manteltasche, zog ihr die dicke Jacke aus und band Citlali mit den Händen an der Stuhllehne fest. Während Lon ein Feuer anmachte, musste er sich einige

Schimpftiraden auf Spanisch anhören, was ihn jedoch nicht im Geringsten aus der Ruhe brachte. Der Kerl war völlig eingenommen von sich und überzeugt, der Texanerin schon bald zu zeigen, wer hier das Sagen hatte. Er drehte Citlali den Rücken zu und konnte dadurch nicht sehen, wie sie ihr rechtes Bein unter dem Stuhl zu den gefesselten Armen an der Lehne anhob. Im Stiefel hatte sie ein Messer versteckt. Seit der schrecklichen Nacht, als sie noch ein Kind gewesen war, gestatteten ihre Eltern ihr, ein Messer mit sich zu tragen, um ihre Angst etwas zu lindern. Mit der Hand zog sie den kleinen Dolch, der um ihren Unterschenkel gebunden war, aus der Scheide und schob ihn vorsichtig in den Hosenbund. Die Klinge war scharf, und sie musste aufpassen, dass sie sich dabei nicht verletzte. Als das Feuer hell loderte und sich langsam eine Wärme im Raum ausbreitete, wandte Lon sich grinsend Citlali zu. Er stützte sich mit den Händen auf ihren Oberschenkeln ab und war ihr mit dem Gesicht so nahe, dass die junge Texanerin kleine goldene Punkte in seinen grünen Augen bemerkte. Doch der wollüstige Blick, den sie darin sehen konnte, ließ ihr das Blut in den Adern gefrieren.

„Hör mal, Süße! Entweder findest du dich mit mir ab und hörst auf zu zicken, oder ich muss andere Saiten aufziehen. Ganz, wie dir beliebt."

Citlali, die ihren Kopf von ihm weggedreht hatte und dabei die aufsteigende Übelkeit herunterschluckte, wandte sich ihm langsam zu. Seine Finger krallten sich in ihre Oberschenkel und sein nun eisiger Blick ließ sie frösteln. Dieser junge Mann war gewohnt, zu bekommen, was er wollte. Lon fehlte jeglicher Respekt gegenüber einer Frau. „Verstanden", murmelte Citlali leise und nickte dazu. Ihre Lippen zitterten dabei und Lon strich ihr sanft über die Wangen und zog mit seinem Finger die Kontur ihres Kinns nach. Ein Kuss auf ihre Lippen genügte und Citlali versteifte sich.

„Gut so, meine Süße." Lon holte vom morschen Holzregal eine staubige Flasche Whisky. Er trank einen großen Schluck. Danach zog er Citlali die Mütze von ihrem Kopf und strich ihr das zerzauste Haar aus der Stirne, bevor er die Flasche an ihre Lippen setzte. Citlali schluckte hart und aus dem Mundwinkel tropfte eine goldbraune Spur des Getränkes, das Lon ihr genießerisch wegleckte. Ein weiterer Schauer durchlief ihren Körper, während stumme Tränen sich einen Weg aus ihren geschlossenen Augen bahnten. Die schreckliche Situation, der sie hilflos ausgeliefert war, erinnerte sie an den ermordeten Cousin ihres Vaters, den sie als Kind abtrünnig gehasst hatte. Der Mann verfolgte sie noch heute in ihren Albträumen. Würden all der Schrecken und die Angst nie ein Ende nehmen?

Lon spürte Mitleid mit der Frau, die ihren Kampf aufgegeben hatte und deren Willen gebrochen schien. „Komm, wir legen uns nebenan auf das Klappbett. Du frierst und ich werde dich wärmen." Nochmals nahm Lon einen großen Schluck und stellte dann die halbleere Flasche auf den Tisch. Er schlüpfte aus der dicken Jacke und warf sie auf das klapprige Metallgestell. Dann löste er den Strick und trug die nun willenlose Frau auf die Pritsche mit der dünn abgetragenen Rosshaarmatratze. Die verrosteten Metallfedern quietschten, als Lon sich mit seinem Gewicht zu ihr gesellte. Der Geruch von Alkohol und Schweiß stieg Citlali in die Nase und vermischte sich mit ihrer Angst und ihrem Kindheitstrauma. Die Augen hielt sie geschlossen und zwang sich, regelmäßig zu atmen, um einen hysterischen Ausbruch zu vermeiden. Lons Hände strichen ihr gierig über den Körper bis hinab zu den Pobacken. Vor Citlalis Augen erschien das Bild eines viel älteren Mannes, der sie zu erhaschen versuchte. Das damalige Horrorszenario überwältigte sie erneut und nahm Besitz von ihr. Citlali sah sich als Kind, nur mit einem dünnen Nachthemd bekleidet, durch die große Küche voller aufgehängter Kupferkessel und Pfannen rennen. Der entfernte mexikanische Cousin ihres Vaters folgte ihr schwer atmend und riss sie zurück, als sie zu fliehen gedachte. Oh, wie sie diese Hände hasste, die sie andauernd an ihren intimsten Stellen am Körper anfassten. Er drohte, alles zu leugnen, falls sie jemandem etwas davon erzählen würde. Blitzschnell konnte sie beim Vorbeirennen ein Messer aus dem Block auf der Kücheninsel ergreifen. Dann geschah alles so schnell. Der große übergewichtige Mann vergrub das zehnjährige Kind unter sich auf dem Boden und rammte sich selbst das spitze Messer, das Citlali in den Händen hielt, in den Bauch. Obwohl das Kind unsagbare Angst hatte, wehrte sie sich so lange, bis sie unter dem reglosen Körper hervorkriechen konnte. Der Geruch von Alkohol und Schweiß ließ sie erbittert würgen. Warmes Blut tropfte von ihren Händen und wurde von dem weißen seidenen Nachthemd aufgesaugt. Citlalis eigene hysterische Schreie schrillten ihr in den Ohren, bis eine Dunkelheit ihr die Kraft raubte und sie in einen tiefen Abgrund fiel.

Ronj schwang sich gerade in den Sattel seines rotbraunen Wallachs, als donnernde Hufe auf ihn zugerast kamen. Auch Nodin, der den Lärm gehört hatte, kam aus dem Stall geeilt. Er stoppte den aufgebrachten Schimmel an den herunterhängenden Zügeln. Die leeren Steigbügel schlugen ihn unangenehm in die Seite und ließen ihn aufbäumen, doch Nodin besänftigte das Tier sofort mit seinem indianischen Singsang. Das weiße Fell glänzte vom Schweiß dunkel oder vielleicht auch vom Schnee, der auf dem erhitzten Tier geschmolzen war. Orendos Atem kam in heftigen Stößen.

„Ich werde nach Citlali suchen", rief Ronj aufgebracht und versuchte seinen Wallach unter Kontrolle zu halten, der, vom herannahenden Hengst aufgebracht, herumtänzelte.

„Nimm Nashoba mit, der kann dir bei der Suche helfen", erwiderte Nodin und gab seinem Hund indianische Anweisungen. Nashoba war ein ausgebildeter Fährtenleser und hatte zusammen mit Nodin schon oft verirrte Touristen oder verletzte Tiere gefunden. Einen dreijährigen vermissten Jungen, der sich von der Freizeitparkanlage entfernt hatte, konnte er zusammen mit Nashoba aufspüren. Sie fanden das völlig verängstigte Kind in der Dunkelheit zusammen-gekauert unter einem Busch.

Ronj jagte im Galopp davon und der große wolfsähnliche Hund rannte ihm mit großen Sprüngen nach. Zum Glück hatte es aufgehört zu schneien und die Hufspuren von Orendo waren bislang gut sichtbar gewesen. Beim Green Horn angelangt, entdeckte Ronj dann weitere Spuren, nämlich die eines Quads, und Citlalis Handschuh. Die Reifenspuren verloren sich unter dem Neuschnee. Nashoba schnüffelte am Handschuh, nahm den Geruch und somit die Fährte auf. Die Richtung führte zum Land der Logans, was Ronj ziemlich aufgebracht feststellen musste. Er ahnte, wer hinter der Sache steckte. Der Mistkerl konnte nur Lon sein, der sich an Citlali rangemacht hatte und ihn damit bestrafen wollte. Er erinnerte sich dumpf an die Jagdhütte der Logans, die nahe an der Grenze zu ihrem Land lag. Und wirklich, von Weitem sah er Rauch aus dem Kamin aufsteigen und das vierrädrige Gefährt parkte schräg vor dem Eingang. Um nicht gesehen zu werden, band er seinen Rotfuchs versteckt an einen Baum und schlich sich mit Nashoba von hinten an die Hütte ran. Die Fensterläden waren geschlossen und es blieb ihm nichts anderes übrig, als gebückt nach vorne auf die Veranda zu schleichen. Zuerst lauschte Ronj an der Tür, hörte jedoch nichts. Dann spähte er vorsichtig durch eine schmutzige kleine Fensterscheibe gleich daneben. Im schummrigen Licht der Laterne konnte er kaum etwas erkennen. Auf dem aufgeklappten Bett lag zusammengekrümmt eine Gestalt. Von der Größe her schien es nicht Citlali zu sein. Nun bewegte sich der Körper und das schmerzhafte Stöhnen ließ Ronj aufhorchen. Wo war Citlali? Mit dem Finger auf den Lippen gab er dem Hund ein Zeichen, sich still zu verhalten. Dann winkte er leicht mit der Hand und Nashoba folgte ihm zur Türe, wo sie gleichzeitig hineinstürmten. Das Tageslicht, das von draußen den Raum erhellte, machte es Ronj leichter, sich blitzschnell umzusehen. Lon lag auf der Pritsche und stöhnte leise vor sich hin. Seine blutverschmierte Hand hielt den Arm, der verletzt sein musste. Auf dem Boden glänzte die verschmierte Klinge eines Dolches im Kerzenlicht. Nashoba, der sofort in die hinterste Ecke des Raumes gerannt war, umrundete eine in sich zusammengekauerte Person. Sein Schwanz begann sofort freudig zu wedeln und mit einem leisen Winseln fing er an, mit der Pfote an Citlali zu kratzen, dabei stupste er mit der Schnauze an ihren Kopf. Langsam hob die junge Frau das Gesicht und starrte mit leerem Blick vor sich hin.

Ronj kniete zu ihr nieder und hielt sie einen kurzen Augenblick fest an sich gedrückt. Sie schien nicht verletzt zu sein, doch die weit aufgerissenen Augen, die ihn anstarrten, deuteten an, dass sie unter Schock stand. Ronj ergriff sein Funkgerät, das er eingesteckt hatte, und informierte Nodin, der ihm versprach, sofort einen Rettungshelikopter anzufordern. Lon verlor sehr viel Blut und brauchte dringend Hilfe. Eine der vielen Stichverletzungen hatte eine Arterie getroffen. Ronj schnürte mit einem Seil den Oberarm ab, um so das Schlimmste zu vermeiden. Die beiden Männer sprachen kein Wort miteinander. Ronj war stinkwütend und Lons Zustand schwächte diesen so sehr, dass er immer wieder das Bewusstsein verlor.

Citlali, die noch reglos auf dem Boden saß, fing an wirres Zeug zu reden. Ronj musste sich zu ihr herunterbeugen, um ihre geflüsterten Worte überhaupt verstehen zu können. „Das viele Blut, mein Gott. Ich habe zwei Männer getötet. Was habe ich nur getan?" Die Tränen, die in Bächen über ihre Wangen flossen, wischte sie abwesend mit dem Handrücken fort. „Niemand liebt eine Mörderin."

Ronj strich ihr zart über die Wange und hob ihr Kinn an. Ihre Pupillen waren nicht mehr so geweitet, doch der Blick wirkte desorientiert und verängstigt. Beruhigend sprach Ronj auf sie ein. „Liebe Citlali, es wird alles gut. Du brauchst dir keine Sorgen zu machen. Ich bin bei dir und Hilfe für Ronj ist auch unterwegs."

Die Starre löste sich langsam aus ihrem Körper und die goldbraunen Augen bekamen einen matten Glanz, als sie den Mann vor sich erkannte. „Verlass mich nicht", bat sie flehend und drückte seine Hand so fest, dass ihre Fingernägel Kerben auf seiner Haut hinterließen. Erneut drang ein wehmütiger Schluchzer aus Citlalis Kehle. „Bitte hilf mir. Ich wollte Lon wirklich nicht töten."

Sanft nahm Ronj die zitternde aufgebrachte Frau in seine Arme. Die bekannte Stimme ließ Citlali aufatmen und sie lehnte entspannt den Kopf an seine Brust. Die Worte hallten wie ein Echo tief und brummend in ihrem Ohr: „Ich glaube dir und werde dir helfen. Lon wird nicht sterben. Wir werden für alles eine Lösung finden."

Die Worte überzeugten Citlali und das Zittern ließ langsam nach. Manchmal schüttelte ein leichtes Nachbeben ihren Körper und als sie plötzlich den Kopf hob, war ihr Blick klar. Erstaunt sah sie in die tiefblauen Augen von Ronj und fragte schüchtern: „Ich habe Lon nicht getötet? Wo ist er, ich möchte ihn sehen." Ronj half Citlali auf die Beine und führte sie zum Bett, wo der Verletzte erneut erwacht war und leise vor sich hin stöhnte. Durch halbgeschlossene Augen sah Lon die Frau an, die ihn mit dem Dolch attackiert hatte. Seine Lider zuckten leicht, doch der körperliche Schmerz und die Schwäche verhinderten, dass er mehr als ein paar Worte sprechen konnte: „Ich wollte dir wirklich nichts antun."

Vielleicht war seine dominante Haltung ihr gegenüber wirklich nur ein Einschüchterungsversuch gewesen, stellte Citlali erschreckt fest und Zweifel erfassten sie. Hatte sie in Panik unbesonnen gehandelt und Lon dabei fast getötet? Weshalb nur versuchen Männer immer wieder, Frauen mit Gewalt besitzen zu wollen? Das Dröhnen eines Helikopters wurde immer lauter und Ronj ging nach draußen, während Nashoba sich neben die beiden setzte. Mit gespitzten Ohren hielt er wache. Wenig später kamen Sanitäter mit einer Bahre herein. Sie betteten den Schwerverletzten vorsichtig darauf und zurrten ihn fest, während ein Doktor Citlali oberflächlich durchcheckte. Sie weigerte sich mitzugehen und klammerte sich an Ronj fest. Dem Arzt fehlte die Zeit, um das auszudiskutieren. Er gab erst nach, nachdem die Patientin ihm versprochen hatte, noch heute in die Klinik zu kommen. „Ich bin fest davon überzeugt, dass der Sheriff einige Fragen zu der

Verletzung von Mister Logan haben wird." Dies fügte er mit vorwurfsvollem Blick bei und musterte Ronj dabei mit einer ernsten Miene. „So viel ich vernommen habe, ist der Mann des Gesetzes bereits auf dem Weg hierher."

„Wir werden auf ihn warten", versprach Ronj mit großer Überzeugungskraft. Schließlich war er ein Gardener und seine Familie galt als sehr vertrauenswürdig. Der gute Ruf eilte ihm voraus. Nach dem kurzen Gespräch sprintete der Arzt zum rotierenden Helikopter, der sofort abhob und davonflog.

Ronj legte die Jacke beiseite, setzte sich auf einen Stuhl und zog Citlali auf seinen Schoß. Ihr Kopf ruhte auf seiner warmen, muskulösen Brust. Sein regelmäßiger Herzschlag beruhigte ihre angespannten Nerven. Zum ersten Mal offenbarte die Texanerin in ihrem Leben das schreckliche Geheimnis. Citlali vertraute Ronj und erzählte, wie es überhaupt zu dieser grauenvollen Nacht vor zwölf Jahren kommen konnte: „Jedes Mal, wenn der Cousin meines Vaters zu Besuch kam, schlich er sich nachts in mein Zimmer, um mich an den intimsten Stellen zu berühren. Er drohte, alles abzustreiten, wenn ich mit jemandem darüber reden würde. Meine Angst vor ihm war zu groß, als dass ich mich ihm widersetzt hätte. An jenem Abend waren meine Eltern mit dem Cousin, der extra aus Mexiko eingetroffen war, zu einem großen Fest eingeladen worden. Ich schlief bereits, als José frühzeitig die Party verließ und nach Hause kam. Die Nanny hatte er nach Hause geschickt mit der Begründung, er würde auf mich aufpassen. José wusste genau, wie man sich einschmeicheln konnte. Dann kam er wie jedes Mal angetrunken in mein Zimmer. Er weckte mich mit feuchten Küssen aus dem Schlaf. Völlig außer mir vor Angst schrie ich nach meiner Mutter. Doch er grinste nur anzüglich und erklärte: ‚Schätzchen, wir sind ganz allein. Nur du und ich.' Von Panik ergriffen, wehrte ich mich und stieß ihm das Knie in die Weichteile. Als er einen Moment von mir abließ, rannte ich die Treppe hinunter durch die Küche, um mich draußen zu verstecken. Dabei zog ich beim Vorbeirennen aus dem Block in der Anrichte ein Messer. Der Mann holte mich ein und riss mich zurück ins Haus. Beim Gerangel fielen wir zu Boden. Der Mann lag schwer auf mir, denn die Klinge hatte sich beim Fall in seinen Bauch gebohrt. Irgendwann hatte ich es endlich geschafft und konnte mich unter José herauswinden. Mein Nachthemd war blutgetränkt und ich stand unter Schock. Ich starrte auf den leblosen Körper und begann zu schreien, bis es völlig dunkel um mich wurde. Später erwachte ich aus meiner Bewusstlosigkeit. Mir war schrecklich kalt und ich zitterte so fest, dass mir die Zähne klapperten. Dann sah ich die blinkenden Lichter der Polizei. Mein Vater hat mich nach oben getragen und ich durfte im Bett meiner Eltern schlafen, nachdem man mir ein Beruhigungsmittel gegeben hatte. Seit diesem Tag trage ich immer einen Dolch bei mir. Als Lon auf mir lag und mich anfasste, roch ich den Alkohol und den Schweiß. Alte Erinnerungen stiegen in mir auf. Mein Gehirn durchlebte noch einmal diese schreckliche, qualvolle Nacht und ich bekam Panik und stach einfach zu. Glaub mir, ich wollte Lon nicht töten." Verzweifelt begann Citlali erneut zu weinen.

Ronj wiegte sie auf seinem Schoß und murmelte beruhigende, tröstende Worte. Seine Wut über diesen bereits toten Mann und Lon, der den Albtraum erneut ausgelöst hatte, drängte er in den Hintergrund.

„Warum wollen Männer Frauen besitzen und tun ihnen so schreckliche Dinge an." Tränen rannen aus ihren Augen, als Citlali den Kopf hob und Ronj fragend anschaute.

Mit seinem Daumen wischte er zärtlich über ihre feuchten Wangen und antwortete: „Es gibt Menschen mit einer kranken Seele. Männer, die ihren obszönen schändlichen Sexualtrieb nicht mehr unter Kontrolle haben. Diese Personen sind eine Gefahr für die Umwelt. Viele Frauen und Kinder, die gepeinigt werden, trauen sich nie, darüber zu sprechen. Sie schämen sich und die Verletzung sitzt als giftiger Dorn im Inneren fest. Nur du kannst ihn herausreißen. Aber ich verspreche, dir dabei zu helfen und immer für dich da zu sein." Ronj hielt Citlali fest an sich gedrückt.

So fand der Sheriff die beiden vor. Seine Männer warteten draußen, während Ronj und Citlali ihm erklärten, was geschehen war. Die beiden versprachen, sich für die schriftliche Aussage und die Unterschrift im Revier zu melden. Das Angebot des Gesetzeshüters, die Texanerin mit dem Quad nach Hause zu bringen, lehnte Citlali dankend ab. Gemeinsam mit Ronj ritt sie auf seinem rotbraunen Fuchs zurück auf die Ranch, dicht gefolgt von dem treuen Hund Nashoba.

In den Stallungen angekommen fuhren sie zum Landhaus, wo die ganze Gardener Familie versammelt war. Lakota, die Ärztin, kümmerte sich um Citlali und brühte ihr einen Beruhigungstee auf. Die Anspannung legte sich, als die Texanerin so fürsorglich empfangen wurde. Citlali erzählte der Familie, was vor zwölf Jahren geschehen war. Ihr verzweifelter Angriff auf Lon heute Morgen kam dabei auch zur Sprache. Zweimal an diesem Tag hatte Citlali nun darüber gesprochen. Sie fühlte sich plötzlich sehr erschöpft. Das Mitgefühl der Familie und die offenkundige Hilfestellung, die man ihr anbot, stärkte die junge Frau enorm. Citlali trug ihre

Last nun nicht mehr allein. Das Verständnis und die Einfühlsamkeit der lieben Menschen um sich halfen ihr, mit der Situation zurechtzukommen. Kathleen versuchte, etwas über Lons gesundheitlichen Zustand herauszufinden. Gillian war in der Klinik, wusste jedoch nicht, wie es um seinen Sohn stand, der im Moment operiert wurde. Kathleen versprach zu kommen und ihm beim Warten Gesellschaft zu leisten.

Ronj begleitete die erschöpfte Citlali ins Zimmer und als er sicher war, dass die junge Frau allein zurechtkam, hauchte er ihr einen Kuss auf die Stirn. „Ein wenig Ruhe wird dir guttun." Die ungeheure Erleichterung, sich endlich jemandem anvertraut zu haben, löste die jahrelange schwere Last, die an Citlali festgekrallt war. Mit Hilfe von Lakotas indianischen Kräutern schlief sie tief und fest. Gegen Abend begleitete Lakota die junge Frau dann für die Untersuchung in die Klinik.

Gillian, der im leeren Warteraum saß, war kaum mehr zu erkennen. Mit rot umrandeten Augen, blassem Teint und um Jahre gealtert, sass er da, den Kopf schwer auf die Hände gestützt. Kathleen trat leise zu ihm und legte die Arme fürsorglich auf seine breiten Schultern. Sofort stand er auf und zog die kleine Person eng an sich. Kathleen spürte seinen bebenden Körper an sich und wusste, dass der Mann, der sonst immer so stark und selbstbewusst schien, still vor sich hin weinte. Seine Lippen berührten ihr seidenes blondes Haar und die raue, flüsternde Stimme drang schmerzerfüllt in Kathleens Herz: „Was habe ich nur falsch gemacht. Lon ist mein Sohn und ich liebe ihn, trotz der vielen Fehler, die er hat." Ein gequälter Seufzer, der tief aus Gillians Kehle entrang, erfüllte den stillen Raum.

Endlich kam der leitende Arzt und beendete das beschwerliche Warten. Mit einem Räuspern gab er sich zu erkennen. „Mister Logan, Sie dürfen nun zu Ihrem Sohn."

„Soll ich dich begleiten?" Die Frage kam schüchtern über Kathleens Lippen und als sie in den grünen traurigen Augen das kurze Aufflackern sah, wusste sie, dass es die richtige Entscheidung gewesen war, ihm in dieser schwierigen Zeit beizustehen. Gillian brauchte sie an seiner Seite und es tat gut, dies zu wissen. Er nickte dankbar, nahm sie bei der Hand und führte die Frau, die ihm so viel bedeutete, durch die endlos langen Gänge.

Lon war durch den großen Blutverlust sehr geschwächt und man sah in seiner sorgenvollen Miene, dass er von Schuldgefühlen geplagt wurde. „Dad, es tut mir so unendlich leid, dich enttäuscht zu haben."

Gillian stoppte ihn mit einer Handbewegung und beugte sich über das Bett. „Was du getan hast, kann ich nicht gutheißen und es beschämt mich sehr. Vielleicht war ich dir nicht ein richtiger Vater, aber gemeinsam werden wir daran arbeiten müssen. Lon, es ist Zeit, dass du Verantwortung im Leben übernimmst und mir zeigst, ob noch Gutes in dir steckt. Ansonsten fühle ich mich gezwungen, dich zu enterben. Wenn du wieder gesund bist, bekommst du deine letzte Chance. Ich habe jemanden mitgebracht. Kathleen möchte mit dir sprechen."

Gillian machte Platz und schob die kleine Frau vor sich ans Bett. Sofort ergriff Kathleen Lons Hand und fragte: „Wie geht es dir?" Dann strich sie ihm eine dunkle Locke aus der Stirne. Tränen bildeten sich in Lons grünen Augen, die Gillians so ähnlich waren. Er spürte eine ungeheure Liebe, die von dieser ihm so fremden Frau ausströmte und sein Herz zutiefst berührte. Anna, seine Mutter, hatte ihn nur verwöhnt und gegen den Vater ausgespielt. Verbittert über die Scheidung, weil ihre Ehe nicht gehalten hatte, zeigte sie eine kühle Distanziertheit Gillian und Lon gegenüber. Lon hatte das sehr geschmerzt. Seit Kindesbeinen lechzte er nach Liebe und Anerkennung. Kathleen erweckte zum ersten Mal das Gefühl von mütterlicher Liebe in dem jungen Mann. Lon bereute jedoch sein gewalttätiges, egoistisches Tun und drehte beschämt den Kopf zur Seite.

Kathleen ließ sich dadurch nicht entmutigen und redete mit sanfter Stimme weiter: „Lon, du hast Citlali sehr verängstigt. Sie hat in ihrer Kindheit etwas Traumatisches erlebt. Mit deinem Handeln hast du alte Wunden wieder aufgerissen und ihre Panik erneut entfacht. Ich verurteile dich nicht, denn das liegt nicht in meiner Macht. Alles, was du tust, kommt früher oder später wieder auf dich zurück." Damit beendete Kathleen das Gespräch und drückte Lon mitfühlend die Hand.

„Die Narben auf meiner Haut werden mich ein Leben lang an meine Schuld erinnern", presste Lon gequält zwischen seinen Zähnen hervor und wandte sich nun der Frau zu, die sich so selbstlos um ihn kümmerte, als wäre sie seine Mutter.

„Die größte Stärke ist die Güte. Friede ist nicht nur die Zeit zwischen zwei Kriegen. Friede ist das Gesetz menschlichen Handelns." Mit diesen indianischen Weisheiten übergab Kathleen den erschöpften Patienten erneut in die Hände seines Vaters. Gillian und Kathleen verbrachten die ganze Nacht an seinem Bett und gaben ihm die Sicherheit, die er zurzeit so dringend brauchte.

Dank Lakotas Begleitung wurde Citlali schnell wieder entlassen. Da man inzwischen die Fähigkeiten von Dr. Lakota Gardener in der Klinik erneut zu schätzen gelernt hatte, wurde sie vom Direktor persönlich gebeten, sich um die Patientin zu kümmern. Auf der Ranch angekommen, verbrachten die beiden Frauen einige Stunden in tiefen Gesprächen. Citlali erzählte, dass sie seit zwei Jahren in Mexiko und Texas Institutionen unterstützte, die misshandelten Frauen und Kindern Schutz boten. „Ich brauchte eine Beschäftigung in meinem Leben, die mir half, das Trauma zu verarbeiten. Das Geld spielt dabei eine nebensächliche Rolle. Für mich war es der einzige Weg, um meine Seele zu heilen." Auch über ihre schrecklichen Träume sprach Citlali mit Lakota, die ihr zuversichtlich erklärte, dass diese Albträume bald verschwinden würden. Erleichtert nach dem Gespräch, fiel Citlali in einen tiefen, erholsamen Schlaf.

Mitten in der Nacht erwachte sie und spürte Ronjs Nähe, bevor sie ihn im Stuhl in der Ecke sitzen sah. Der Raum war mit Kerzen erleuchtet und der sorgenvolle, müde Ausdruck auf seinem von Bartstoppeln übersäten Gesicht weckte in Citlali den Drang, Ronj in die Arme zu schließen. Das musste Liebe sein. Dieses starke überwältigende Gefühl hatte sie zu keinem Menschen je empfunden. Klar hatte der Cowboy sie von Anfang an fasziniert. Ronjs Vertrauen und sein liebevolles Verständnis hatten Citlali endlich geholfen, das entsetzliche Ereignis zu offenbaren und zu verarbeiten. In ihrer Seele kehrte langsam Friede ein. Mit ihren zweiundzwanzig Jahren hatte sie geglaubt, nie mehr einem Mann vertrauen zu können. Ronj jedoch hatte es geschafft und brachte ihr Herz wieder zum Strahlen. Citlali spürte das Feuer der Sehnsucht in ihrem Körper brennen. Ronjs Nähe entfachte eine Leidenschaft, die sie nicht beschreiben konnte. „Komm zu mir. Ich brauch dich so sehr, wie ich den Atem brauche zum Leben."

Ihre leise Stimme schwang wie Magie durch den Raum und umhüllte Ronj mit grenzenloser Freude. Er liebte diese Frau mit seiner ganzen Seele. Alles, was danach geschah, war wie ein Traum, so hold und süß, dass es fast schon an Übersinnlichkeit grenzte. Nachdem sie jeden Teil ihres Körpers erkundet und liebkost hatten, tauchten sie zusammen in einen ruhigen Schlaf. Die gegenseitige Liebe vertrieb den dunklen Dämon aus der Seele. Die Indianer sagen: „Alles, was du dir im Geist vorstellst, wird Wirklichkeit, wenn du nicht aus dem Licht des Herzens heraustrittst."

Am folgenden Tag begleitete Ronj Citlali zum Sheriff. Das Gespräch wurde schriftlich festgehalten und musste unterschrieben werden. Da weder Citlali für die gewalttätige Entführung noch Lon wegen tätlicher Verletzung Anzeige erstatten wollte, wurde der Fall abgeschlossen und zu den Akten gelegt. Den in Texas verjährten Fall nahm man nicht mehr auf. Man hoffte, dass Citlali eines Tages das schreckliche Erlebnis aus der Kindheit überwinden würde und ohne Albträume leben darf.

An Weihnachten strahlte die Sonne am blauen Himmel und ließ die Winterlandschaft märchenhaft erscheinen. Der Schnee spiegelte das Licht wie tausende von geschliffenen Diamanten wider. Auch wenn die Luft eiskalt war, schien das Auge des Betrachters sein Herz zu erwärmen. Familie Gardener beschloss am heutigen Tag nicht nur das Weihnachtsfest zu feiern. Mel und Lakota wollten zusätzlich ihr Ehebündnis eingehen und zwar nur im Kreise ihrer Familie. Kathleen, die in der Zwischenzeit bei Gillian Logan eingezogen war und seinen Verlobungsring am Finger trug, wurde mit ihrem Verlobten und seinem Sohn Lon eingeladen. Kathleen hatte die Herzen der beiden Männer im Sturm erobert und durfte die restlichen Jahre mit der Liebe ihres Lebens verbringen.

Um den großen geschmückten Baum versammelt, hielten sie sich alle an den Händen wie eine große Familie und Aiana sprach: „Das Kriegsbeil ist erst begraben, wenn man nicht mehr weiß, wo es liegt. Und wir alle wissen nicht mehr, wo das Kriegsbeil liegt." Ihr strahlendes Lächeln breitete sich aus wie ein Glückszauber und erhellte die Gesichter der Anwesenden. Der Friede war eingekehrt und mit ihm Glück und Zufriedenheit.

In der Neujahrsnacht heirateten Citlali und Ronj. Die große texanische Familie kam zur Feier und füllte Gillians Hotel bis zum letzten Zimmer aus. Lon wurde von seinem Vater und Kathleen liebevoll, aber mit eisernen Regeln geführt. Aus ihm wurde ein rechtschaffener Mann, der in späteren Jahren eine hübsche Cousine von Citlali aus Texas heiratete.

Drei Kinder erblickten im kommenden Jahr das Licht der Welt und Aiana, stolze Großmutter und ewige Blüte, der sie ihrem Namen alle Ehre machte, lebte glücklich mit Sam Gardener bis ans Ende ihrer Tage.

Aufs Neue wird jedes Samenkorn erweckt,
genauso verläuft es auch mit dem Leben.

Indianische Weisheit

www.malu-cailloux.ch